拝啓、本が売れません

額賀澪
Mio Nukaga

KKベストセラーズ

この本を書店で手に取った方へ

「面白そうじゃん。買おう」

そう思った方は、どうぞこのままレジへ。


「興味ない。買わない」

そう思った方は、この本を棚に戻し、他の本を手に取ってください。

そのまま書店を出て行かないでください。

本屋さんには、たくさんの面白い本があります。この本はその中のたった一冊です。たくさんの本があれば、《あなたに合わない本》も当然あります。しかし、《あなたに合わない本》以上に、《あなたを楽しませる本》がこの場所には大量にあります。

《あなたを楽しませる本》を探してみてください。きっとすぐに見つかります。

世界はそれくらい、《面白い本》であふれています。

額賀　澪

目次

【主な登場人物】

額賀澪《ぬかがみお》
作家。二〇一五年に第二十二回松本清張賞と第十六回小学館文庫小説賞を受賞してデビュー。出版業界の荒波にもまれる日々。

ワタナベ氏
KKベストセラーズの編集者。額賀と共に「本を売る方法」を探す旅に出る。

黒子《くろこ》**ちゃん**
額賀の同居人。シナリオライター。作家志望。

【取材対象者（敬称略・登場順）】

三木一馬《みきかずま》（元電撃文庫編集長、ストレートエッジ代表取締役社長）
鎌池和馬さんの『とある魔術の禁書目録』、川原礫さんの『ソードアート・オンライン』といった大ヒット作品を世に送り出してきた編集者。これまで担当した作品の発行部数は、なんと累計六千万部を突破。

松本大介《まつもとだいすけ》（さわや書店フェザン店・店長）
外山滋比古さんの『思考の整理学』（筑摩書房）、相場英雄さんの『震える牛』（小学館）などがベストセラーとなるきっかけを作った。出版業界がその動向を常に注目する書店員の一人。

大廣直也《おおひろなおや》（株式会社ライトアップ・Webコンサルタント）
かつてサイバーエージェント社のコンテンツ部門にいたメンバーが中心になり設立されたライトアップ（老舗のメルマガ編集会社）で活躍するWebコンサルタント。

浅野由香《あさのゆか》（カルチュア・エンタテインメント株式会社・映像プロデューサー）
映画『ReLIFE リライフ』、ドラマ『こえ恋』『アラサーちゃん』などを手がける映像プロデューサー。

川谷康久《かわたにやすひさ》（ブックデザイナー）
集英社「マーガレットコミックス」や新潮社「新潮文庫nex」のフォーマットデザインを手がけ、『君に届け』『青空エール』『俺物語‼』『アオハライド』といった大ヒットコミックの表紙をデザイン。実はこの本の装幀も担当。

序章　ゆとり世代の新人作家として

糞ゆとり作家、爆誕

「毎年百人を軽く超える新人作家が生まれ、五年後はほとんど行方不明」

そんな恐ろしいことを大学時代に元編集者の先生から聞いたことがある。

二冊目で躓《つまず》くと大変。三冊目までにデビュー作を超えられないとまずい。三冊出してデビュー版元以外の出版社から長編執筆のお呼びがかからなかったらあとが苦しい。

新人作家が出版業界で見聞きするのは、そんな景気の悪い話ばかりである！

＊　＊　＊

自分の本が本屋に並んでなかったときの衝撃といったらない。

「やってることはワナビーのときと変わらん。こんちきしょー」

作家デビューする前、作家志望——いわゆるワナビーだった頃は、新人賞の結果発表の日は書店で文芸誌を捲《めく》り、自分の名前がないことを嘆いていた。

今は、こうして書店で棚を眺めて嘆いている。

「私の本がなーい！」

極力声を抑えて叫んだ私の隣には、誰もいなかった。本屋なのに、小説の棚の前に誰もいない！

自宅から徒歩二十分のところにある書店を、私は買い物のついでによく訪ねる。先日から改装工事が始まって、一体店の中がどうなるのか楽しみにしていたのだが、リニューアルオープン後に足を踏み入れて驚愕した。

単行本の棚が小さくなった。以前の半分になった。文庫本の棚はスペース自体は変わっていないが、棚が丸々一つ、映像化作品を特集するコーナーになっていた。

書店の棚に割り当てられたスペースが小さくなったということは、収められるべき本の数が減るということだ。この本は売れてるとか、この作者は人気があるとか、版元からプッシュされているとか。残る理由のある本は棚を勝ち取り、残る理由のない本は撤去される。書店の棚は戦場だ。

私が探していた本は、まさにその「残る理由のない本」として棚から姿を消していた。単行本の棚が減っても、書店の面積は変わっていない。ということは単行本の棚が狭くなった分、どこかの棚が広くなったということか。どこだ。漫画か、雑誌か。ただでさえ広い棚使ってるじゃねえか。単行本の棚をこれ以上奪わなくたってよかろうに。

憤りを感じながら店内を闊歩《かっぽ》していたら、見つけた。単行本の棚の代わりに広くなった棚を。そこには今日、一緒に書店まで来た同居人の姿もあった。

「見て見て、ラノベの棚、めちゃくちゃでかくなってます！」

私の同居人は大学時代の同級生である。卒業してからずっと同じアパートの一室で生活を共にしている。この本の中では《黒子《くろこ》ちゃん》という名前で書こうと思う。

ライトノベル作家を目指して日々執筆に勤《いそ》しむ黒子ちゃんからしてみれば、行きつけの書店のラノベの棚が大きくなったのは嬉しいに決まっている。

私がこの拡張されたラノベの棚の代わりに単行本の棚が縮小されたことを伝えると、黒子ちゃんは苦笑いをしつつ、新刊のラノベを両手に抱《かか》えた。

「そう怒らないで。額賀《ぬかが》さんの本、全部売れたのかもしれないじゃないですか？」

黒子ちゃんはいつもいつも、そんな能天気で腹の立つ慰めを方をする。執筆が上手く行かないとき、プロットや原稿がボツになってそれまでの作業がすべて無駄になったとき。

「まあまあ、気を落としちゃ駄目ですよ」と私の肩を叩くのが黒子ちゃんの仕事だ。

「それ、本心から言ってる？」

「返本されたんじゃないかなっていうのが本音ですけどね」

「よーくわかってるじゃない」

売れなかったのだろうか。額賀澪《みお》の本は、この店の売り上げに貢献できなかったのだろうか。棚に置いておいても邪魔な一冊だったのだろうか。棚を縮小するとなって、いの一番に撤去されるような本だったのだろうか。

レジへと向かう黒子ちゃんを溜め息と共に見送り、未練がましくまだ単行本の棚の前をうろうろする。

本好きにとって、本屋は当然楽しい場所だ。大量の本が所狭しと陳列されて、新刊が平積みされて、書店員の手描きのＰＯＰが花畑みたいに並び、まだ読んでいない面白い本と出合うことができる。

今も変わらずそう思っているけれど、二〇一五年の六月から、本屋はただの楽しい場所ではなくなった。本屋に行くたびに、楽しさと同じくらいの恐怖を感じるようになった。

私が、作家デビューをしたから。

みなさん、初めまして。私は額賀澪といいます。

一九九〇年（平成二年）生まれ、ごりごりのゆとり世代。二〇一五年に松本清張賞と小学館文庫小説賞という二つの文学賞を受賞して、作家デビューしました。又吉直樹さんが『火花』で芥川賞を受賞する少し前です。出版界の荒波に揉まれながら、何とか今日に至るまで消えることなく小説を書き続けています。

バブル経済が崩壊した頃に生を受け、物心ついた頃には消費税はすでに導入されており、ソ連も東西ドイツも存在せず、日本中がとりあえず不景気不景気不景気……の人生を歩んできました。スーパーファミコンと大学入試センター試験と浅田真央さんと同い年。頭が悪くて積極性がなくて協調性がなくて目上の人を敬う気持ちがなくてやる気も根気もない、「ゆとり、ゆとり」と揶揄されながら生きてきた世代です。

そんな日本の悪いところを詰め込んだかのように言われる《ゆとり》の一人が、紆余《うよ》曲折《きょくせつ》あって小説家という不安定な職業に辿り着いてしまった。書店で本を買い求める一介の読者であると同時に、書店の棚に自分の名前が記された本が並ぶようになった。

とにもかくにも、今、本は売れない。どんな出版社の社員と話をしたって必ず出てくる。「本が売れない」「本が売れない」「本が売れない」「本が売れない」……！

本が売れない出版業界において、多分私は最下層にいる。底辺も底辺、もしかしたらまだスタートラインから前に進めていないのかもしれない。

デビューして三年近くたった。本だってまだ十冊も出していない。世間の誰もが知っているような大ヒット作も出していない。自分の作品が映画やドラマやアニメになったこともないし、直木賞や本屋大賞といった大きな賞も取っていない。

ちなみに、作家が本を出すことでどのようにしてお金が入ってくるのかはご存じだろうか？　よく「一冊売れたら○○円入ってくるんでしょ？」と言う人がいるが、実は違う。

作家にとって重要なのは、「何冊売れたか」ではなく「何冊印刷したか」だ。それで懐に入ってくるお金が変わる。十万冊刷って一万冊しか売れなくても、作家は十万冊分の印税を得ることができる。

しかし、何冊刷ろうと実際の売り上げが作家の次回作の初版部数を決めるので、多く刷ってもらえればいいというわけでもない。十万部刷って一万部しか売れなかったら、もうその出版社からは執筆のお声はかからないだろう。

新人作家の単行本はなかなか売れない。びっくりするほど売れない。恐らく、皆さんの思っている半分も売れない。

実績のない新参者の書いた本。お値段は一五〇〇円。吉野家の牛丼を三杯食べてもお釣りがちゃりんと返ってくる。それを買って読む人というのは、本当に本が好きな方々だ。安価な文庫本になってやっと、新人作家の本は多くの人の手に取ってもらえるようになる。

ただ、それでも出版界の最下層で何もせず踏み潰されているわけにもいかないのだ。今いる最下層の地位だって、ここまでくるのに随分のいろんなものを犠牲にしてきた。時間とかお金とか、安定した生活とか、みんなと同じことをしている安心感とか、親孝行とか。

読書が好きになった小学生の頃の私は、小説家というのは、世間がお金とか売り上げとか数字とか利益とかコストパフォーマンスに振り回されて白目を剝いているのを冷ややかに見つめながら、

「僕達の作るものはそういったものとは無縁だから」

「文学をお金に換算するなんて実に愚かだ」

「自分の本の売り上げを気にするなんてナンセンスだね」

そう思っているものだと考えていた。

しかし、現実は違う。むしろ正反対だ。私のような出版界サバイバルヒエラルキーの底

辺にいる作家は、そこいらの若手営業マンより余程売り上げと数字と実績にがめつい。

実績を出さなきゃ、いずれ死んじゃうのだから。

＊＊＊

この本は、平成生まれの糞ゆとり作家が元気のない出版業界を生き抜くべく、さまざまな場所へ出向き、さまざまな人と話をし、一冊でも多く自分の本を売って自分の寿命を延ばすべく右往左往するお話です。

新人作家の悪あがきに興味のある人に楽しんでもらえたら嬉しい。この一冊の中に、本の売れない出版業界の起死回生の一手が潜んでいたら更に嬉しい。自分もつい数年前まで作家志望だったから、作家を目指す人に創作のヒントやデビュー後の心構えなどを指南できたら、ちょっと誇らしい。出版業界に進むことを目標にしている就活生がいるなら、もしかしたらちょっと役に立つかもしれない。

それでは、しばしお付き合いください。

第一章

平成生まれのゆとり作家と、編集者の関係

額賀と額賀の同居人

私の同居人であり戦友である黒子ちゃんは、たまにこんな話をする。

「死に物狂いでデビューしたとして、編集者と上手く行かなかったらどうしようと、夜《よ》な夜《よ》な不安になることがあります」

黒子ちゃんはまだ作家デビューはしていないけれど、大手出版社が主催するライトノベルの新人賞で結構いいところまで行ったことがある。あと一歩、あと一歩なのだ。

「そもそも編集者とは、どういう人種の人達なんですか?」

私達は都内でルームシェアをして暮らしている。駅から徒歩十分。築二十年超えの木造アパート。目の前を線路が通っていて、特急電車が通過するたびに家が揺れる。震度三くらい揺れる。一階は大家の住居で、日曜の朝は仮面ライダーを見てはしゃぐ大家の孫の声で目覚める。家賃は六万円だから、折半して一人三万円。

ワンルームの部屋に二人で暮らしているので、本棚二つ、執筆用の机二つ、タンス二つで部屋はいっぱいいっぱい。ベッドは一つしかなく、毎晩ジャンケンをして勝った方がベッドに、負けた方が机の下に布団を敷いて寝る。一応トイレとお風呂もついているけれど、お風呂は正方形で、体育座りをしないと入れない。肩までお湯に浸かるには、足を湯船の外に出す必要がある。洗面台がないから毎朝台所の水道で顔を洗い、歯を磨いている。

その気になればもう少し広く、駅から近いところに住めるかもしれない。しかしそこはゆとり世代。どんなに本が売れたって、明日どうなるかわからない。生活していけなくなった際に私達を待っているのは「自己責任」という名の社会からの抹殺だ。

調子にのるといつか痛い目を見ると教えられながら、実例を目《ま》の当たりにしながら、生きてきたのだから。机の下で寝るくらいなんてことない。目下の目標はお笑いコンビ・オードリーの春日さんだ。いつかこの安アパートでの暮らしも面白おかしいネタにしてやる。

さて、そんな狭いアパートの一室で、私達は日々原稿と戦っている。

「出版社に勤める人というのは、競争率の激しい中を勝ち抜いて入社するわけでしょう？　やはり真面目な人が多いのでしょうか？　それともリア充が多いのでしょうか？」

「いかにも真面目な人にも会ったことがないし、ドン引きするほどのリア充にも遭遇したことはないなあ」

某社の編集者曰く、「飲み会の幹事をやらせたら小学館が最強！」らしいけれど。

「黒子ちゃんでも、編集ってどんな人か気になる？」

「当然でしょう。リア充編集が出てきても絶対に話が合わないし、ギャルの編集が出てきたら最後、虐められるに決まってる！」

ちなみに、黒子ちゃんは決して作家志望のプータローではない。本業はフリーのゲームシナリオライターだ。自分の書いた物語をゲームという製品にして、多くの人を楽しませる仕事をしている。でも、やっぱり、自分の小説を世に送り出したいらしい。

作家志望が気になること

作家デビューをしてから、かつての自分のような作家志望の方々と話をする機会が増えた。例えば大学の後輩だったり、講演会に来てくれた人、「文芸部で作家を目指して小説を書いてます！」という高校生とか。

そのとき、いろんな人からよく聞かれる「あるあるの質問」というのがある。

「編集さんって、やっぱり怖いんですか？」

これだ。

作家にとって編集者は欠かせない存在だから、聞きたくなるのもよくわかる。私も作家志望だった頃、編集者という未知の存在に勝手に想像を膨らませ、勝手に恐れおののいていたから。

「こんな小説、話になりません。ボツです。一から書き直してください」とか言いながら原稿を目の前でシュレッダーにかけちゃったり。

「お前、本出したいんだよな？　なら俺の言う通りにやればいいんだよ！」なんて怒鳴りながら、作家の書きたいものを書かせなかったり。

「どうせ作家なんて掃いて捨てるほどいるんだから」と作家を使い捨てたり。

「内容なんてどうでもいいから。売れればいいの、売れれば」と売り上げにしか目が行ってなかったり。

悪い方に想像力を膨らませれば膨らませるほど、こういった悪魔みたいな編集者像ができあがる。運良く作家デビューできたとして、こんな編集者ばっかりだったらどうしよう……。なんてことを考えていたのだ。

作家デビューして以来、似たようなことを考えている人が多いことに驚いた。もしかしたら先に挙げたような編集者は実在するかもしれない。しかし幸いなことに、私はこのような編集者には出会ったことがない。もしかしたらめちゃくちゃ《担当編集者運》に恵まれているのかもしれない。

というわけで、作家が小説を書く上で欠かせない《担当編集》という存在について、ここではまず書いていきたい。

「初っ端から本の趣旨からずれてない？」と思う人もいるかもしれないが、作家は編集者抜きでは絶対に小説を書けない。編集者という存在について今一度振り返り、彼らとの関係性をじっくり考えることは、いい作品を作る第一歩だ（と思う）！

作家と編集の関係

突然ですが、みなさんは『PSYCHO-PASS サイコパス』というテレビアニメをご存じですか？　フジテレビで二〇一二年十月から二〇一三年三月までに第一期が、二〇一四年十月から十二月には第二期『PSYCHO-PASS サイコパス 2』が放送されました。

もの凄くざーっくりとストーリーを紹介する。

人間のあらゆる心理状態がシステムの監視下に置かれていて、犯罪者になる危険性を表した「犯罪係数」という数値が高くなると、罪を犯していなくても「潜在犯」として裁かれてしまう社会が舞台。この世界には「監視官」という警察官のような人がいて、社会の秩序を守っている。潜在犯の中には、この監視官の監視のもと、「執行官」(これも警察官のようなもの)として事件の捜査を行う人もいる。犯罪者になる危険性を持っているけれど、それ故に犯罪を理解・予測・解決する能力があると認められ、執行官という職責と引き替えに一定の行動の自由を手に入れられるというわけだ。この監視官と執行官がさまざまな難事件に挑むのが『PSYCHO-PASS サイコパス』のストーリー。

これは『推定脅威』という航空ミステリー小説で松本清張賞を受賞した、日本で一番飛行機を上手く書く作家・未須本有生さんからの受け売りだが、作家と編集者の関係はこの監視官と執行官の関係に似ている。

監視官と執行官は「社会の秩序を守る」という目的のために協力し合う。それはあくまで仕事であり任務だ。ただ、ビジネスパートナーというほど乾いた関係性なわけでもない。新米監視官がベテラン執行官に振り回されることもあれば、その逆もある。執行官をきちんとコントロールできる監視官、できない監視官。監視官に従順な執行官、自由奔放な執行官。さまざまな人物が存在し、任務を遂行するために最適な関係性を、各々が作りあげていく。

これはそのまま作家と編集の関係にも繋《つな》がるものだと私は思う（注・決して、決して、作家が犯罪者予備軍だということではない！）。

作家が小説を書く理由は人によりけりだが、「本を出したい」「出した本をいろんな人に読んでほしい」と願うのは共通しているはずだ。編集も同じことを考えている。

一、面白い小説を書く（書かせる）。
二、書いた小説をより多くの人に読んでもらう。

この二つが、作家と編集の共通の目標であり、これらを達成するために作家と編集は協力して任務を遂行する。小説というのは「○○と××を混ぜたらできあがり！」とか「設計図通り作ればちゃんと動きます」などという作り方はできないから、作家も編集も、ビジネスライクをほんの少しだけ飛び越えた関係を構築する必要がある。互いの人間性とか、好みとか、抱えている葛藤とか、さまざまなものを作家と編集は共有する。

作家は編集者がいなければ本は出せないし（電子書籍で自費出版しちゃう、なんてのはまた別だ）、編集者は作家がいないと仕事にならない。作家はやりたくないと思ったことは「やりたくない」と言うし、編集者も「これは駄目だ」と思ったら作家にストップをかける。互いに「ここまでは譲れません！」というラインがあって、そこを探り合って、妥協できる塩梅を探す。

ビジネスライクをちょっとだけ超えた、打算含みの親しい関係。そんな風に言い表せるかもしれない。

もちろん、さまざまな性格、性質、経歴、思想を持った作家がいる。同様に、編集者にも多種多様な人がいる。私も編集者ごとに異なる顔を見せているし、編集も私ではない作家を相手にするときは、きっと私の知らない一面を見せるだろう。

作家デビューして三年近くたったが、これがさまざまな出版社の編集者と接して私が感じたことである。思い知ったことである。

ちなみに、『PSYCHO-PASS サイコパス』でも執行官が勝手な行動をして「こりゃいかん」と監視官が判断すると、執行官は銃で撃たれる。「え、これ絶対死ぬじゃん」という勢いで、潜在犯と同じように思い切り打たれる。

担当編集に引き金を引かれないよう、今日も作家は頑張るのだ！

額賀と愉快な担当編集達

松本清張賞と小学館文庫小説賞の二つを受賞してデビューした私には、デビュー当初から二人の担当編集がいた。文藝春秋に一人、小学館に一人。よくよく考えてみたら、めちゃくちゃレアなケースである。

文藝春秋でデビュー作『屋上のウインドノーツ』を一緒に作ったのはY下氏という女性編集者だ。単行本として刊行される際は、S藤氏というベテラン編集者が担当についてくれた。受賞作品であるはずの『屋上のウインドノーツ』のゲラに大量の緑色の付箋（＝修正指示）が草原のように貼られているのを見たときは、吐きそうになった。その後彼は異動してしまい、今は女性編集・Y口氏が担当になっている。『さよならクリームソーダ』はY口氏と作った。

小学館の担当はもともとファッション誌を作っていた女性編集・K江氏だ。もうひとつのデビュー作『ヒトリコ』、その後刊行した『タスキメシ』『君はレフティ』『ウズタマ』はこの人と作った。

デビュー版元二社の担当編集は、どちらも私よりずっと年上のベテラン編集者だった。デビューしたての新人には、経験豊富な編集者を担当につけるのがいいと二つの会社は判断したのかもしれない。

と思ったら、もの凄く年の近い編集者が担当についている出版社もある。

『潮風エスケープ』を出した中央公論新社の担当・K森氏は、なんと私より年下の平成三年生まれだ。平成生まれのゆとり作家などと自称していたら、年下の編集が担当につくようになってしまった。

額賀と同じ平成生まれの編集者も、実は結構いる。年上のベテラン編集者が頼りになるのはもちろんだが、年の近い編集者というのもとても大切な存在だ。

なにせ、同じようなテレビ番組を見て、歌を聴いて、本を読んで、アニメやゲームに触れてきた人間が側にいて一緒にものを作っているというのは、なかなか安心できる。同じような価値観を持っているからこそ、互いに共感し合いながら小説を書けたり、それまで言葉にできずにいた感情や思想を小説の中に反映することができる。

年上の頼り甲斐と、同世代の頼り甲斐。その両方があるのだ。

小説ができあがるまでに作家と編集がやってること①〜出会い編〜

作家と編集者の出会いには、三つのパターンがある。

一、新人賞を受賞して、担当がつく。↓賞の選考の段階で「この人行けるで！」と推してくれた編集者が担当になることが多いかな？

二、何冊か本を出したあと、部署異動で違う編集者が担当になる。↓概《おおむ》ね見ず知らずの編集者が来るから怖い。親しい編集者が異動しちゃうのも悲しい。

三、他社の編集者から声がかかり、その人が担当になる。↓刊行された本を読んで「この人行けるで！」と思った編集者が声を掛けてくれることが多い。ネット小説を書いていて編集者から声を掛けられた！　というのもこのパターンに近い。

ちなみに、ツイッターで「いいね」を押したとか、飲み会でたまたま隣の席になったなんてことをきっかけに編集者と仲良くなって仕事に繋がった、なんてパターンもある。

編集者から連絡をもらって、作家は打ち合わせへと出向く。打ち合わせとは言うけれど、最初は食事をしながら簡単な顔合わせを行うことの方が多い。相手がどんな人なのか、何を好きなのか、嫌いなのか。相手の人となりを確認する作業だ。

場合によっては長編小説に取り組む前に、雑誌掲載用の短編でちょっと《お試し》をすることもある。受賞作や刊行作品以外もちゃんと書ける人なのか。締切をめちゃくちゃ破るとか、しょっちゅう音信不通になるとか、原稿のやりとりをスムーズに行える人なのか。編集者ときちんとコミュニケーションを取れる人なのか。実際に確かめるには作家に一本原稿を書かせる方が手っ取り早い。

そんなこんなで「こいつに一本書かせてみよう！」と編集者が判断すれば、打ち合わせという名の飲み会は本当の打ち合わせになる。

ついに小説の卵、《プロット》を作る段階に入るのだ。

小説ができあがるまでに作家と編集がやってること②～プロット編～

「額賀さん、恋愛もの書いてみません？」

小学館の担当編集・K江氏からそんな提案をされたのは、二〇一六年の春。中野の中華料理店でのことだ。『タスキメシ』が無事刊行され、重版がかかり、読書感想文コンクールの課題図書にも選定され、「さて、次は何を書こうか」と話し合いをしていた。

「恋愛ものですか。確かに書いてないですねー」

『屋上のウインドノーツ』『ヒトリコ』『タスキメシ』『さよならクリームソーダ』。それまで四冊書いてきた中で、いわゆる《恋愛もの》はなかった。若い男女が主要人物として登場する割に、それが恋愛に発展したものはない。

「『額賀作品ではどうして恋愛が描かれないんだろう』ってよく聞きますし、ここはド直球に恋愛ものをやってみませんか？」

○○とか××みたいな奴です。具体的な作品名を例に挙げたK江氏に、小籠包で口の中を火傷して若干テンションが低かった私は、とりあえず頷いた。

「いいっすね。やったことないし、やってみましょうか！」

このとき私の中には「これを書きたい」という具体的なビジョンがなかったので、K江氏の提案にとりあえず乗ることにした。

「じゃあ、プロット書いてみますね」

プロット。

それは小説を書くための設計図であり、買い物メモみたいなものだ。

夕飯の献立をカレーにすると決め、スーパーにカレーの材料を買いに行くとする。スーパーで何を買うかメモを作ろうとした場合、どんなカレーにするかによって、メモの内容は当然変わる。シーフードカレーにするなら海鮮を買わないといけないし、「シーフードカレーとは言っても、大きな魚の頭を丸ごと入れたいんだ！」と思うならシーフードミックスを買っちゃいけない。買い物メモがちゃんと作れないと、スーパーで「あ、スイカ安いじゃん」とカレーとは関係ないものをつい買ってしまい、気づいたらカレーではない得体の知れないものを作る羽目になる。

自分達はどんなカレーを作るべきか。そのカレーは果たして美味しくなるのか。みんなに食べてもらえるのか。作家と編集者の命運を握るのが、プロットである。

ひとまず、打ち合わせを重ねながらプロットを練る。練りに練る。執筆に入ってもし行き詰まることがあったらプロットに立ち返るから、ここでどれくらいじっくり考えたかが、あとあと小説を助けてくれる。

作家から「こういうのを書きたい」とネタを持っていくこともあれば、担当編集から「こういうの書いてみません？」と提案されることもある。

私の五冊目の単行本『君はレフティ』（小学館）は、先述のように担当編集・K江氏から「恋愛もの書きません?」と持ちかけられたことがきっかけで生まれた。このあとプロットを書いたわけだが、K江氏から例として出された作品を読んでも今ひとつピンと来ず、恋愛以外の要素がほしいなと思い、ミステリー色を織り交ぜた『君はレフティ』の原型となるプロットが生まれた。K江氏に提案された「ド直球に恋愛もの」からは外れた内容だが、プロットを見たK江氏が「面白そう!」と言ってくれたので、執筆にGOサインが出た。

逆に『潮風エスケープ』(中央公論新社)は、モデルとなったとある島の資料を私が担当編集・K森氏に見せ、彼が「面白そうっすね!」と乗ってくれたのがスタートになった。K森氏があのとき「ほーん……そっすか」みたいな反応を見せていたら、『潮風エスケープ』は生まれなかっただろう。

私の作るプロットを参考までに掲載している(左図)。これは『潮風エスケープ』のプロットだ。登場人物や序盤の展開こそ固まっているが、タイトル案にもまだ「潮風エスケープ」という言葉はない。

プロットの作り方は作家によってさまざまだ。私は「仮タイトル」「メインの登場人物」「ストーリーの概要」程度しか書かない。A4の用紙三~五枚程度のボリュームだ。作家によっては細かなストーリーの展開、台詞《せりふ》回しまでプロットの段階で書いてしまい、プロットだけで百枚以上になることもあるらしい。

タイトル
潮風の消える場所（仮）
潮の風を追い越して（仮）

登場人物
【主な登場人物】
■多和田深冬（たわだ・みふゆ）
　紫峰大学附属高校二年生。十七歳。

　県内にある農家の娘。長女。

　家業を継ぐこと、そのために婿養子を取ることを親から求められている。

　それが嫌で、理由をつけて地元を離れて紫峰大学附属高校へ進学したが、両親はまだ同じことを言っている。

　先祖から代々継いできた農地を守るため、あの手この手でいろいろと対策を講じる両親をちょっと見下している。

　潮田優弥とは、紫峰大学と附属高校との高大連携プロジェクトで出会った。地元の中学校から紫峰大学附属高校へ入学し寮生活を始め、なかなか周囲と馴染むことができず不登校気味になり始めた頃だった。
→実家に対して抱いている不満に理解を示してくれる彼を信頼し、彼の所属する研究室に入り浸るようになる。仲のいい先輩後輩を装っているが、深冬本人は優弥のことが好き。

■潮田優弥（うしおだ・ゆうや）
　紫峰大学人文学部人文学科の二年生。十九歳〜二十歳。

　紫峰大学のキャンパス内にあるおんぼろ学生寮で生活する。

　潮見島出身。

　八月三十一日生まれ。

　神司の出る潮田家に生まれたが、男子だったので周囲の人には残念がられた。優弥という名前も、女の子が生まれると思った両親が用意していた「優美」という名前からつけられている。

　本当が妹または弟が出来るはずだったが、三歳の頃、優弥が原因で母親が流産してしまう。その後に起こる渚・柑奈に関わるあらゆる出来事がそれに起因しているのではないかと思うこともしばしば。

　潮田家の男子として、次期「祭司」候補でもある。

　潮祭や潮見島の信仰、汐谷柑奈の境遇に疑問を持ち、大学では宗教文化や民俗学について研究している。

　モデルであり女優でもある渚優美がもの凄く好き、と深冬に思われている。


二〇一七年七月刊行の『潮風エスケープ』（中央公論新社）のプロット。タイトルが実際のものと全然違う上に、結局ボツにした登場人物の設定も。

プロット

●プロローグ（七月）

・親元を離れ、寮生活をしながら高校へ通う深冬。隣接する大学で学ぶ優弥のいる研修室へ入り浸っている。優弥は年下の深冬をことある事に構ってくれるので、深冬は彼をとても信頼し、恋愛感情に近いものを抱いている。優弥の好きな女優：渚優美の髪型を真似たり、似たような服装をしたりと策を講じているが、優弥の方は可愛い後輩程度にしか思っていないのがよくわかる。

・宗教や民俗学について研究している優弥達は、夏休みを使って優弥の地元：潮見島へフィールドワークに行く計画を立てていた。優弥に誘われ、実家の両親から夏休み中の帰省を強制されていた深冬は、実家から逃れるために同行することにする。

●潮見島へ（八月十日〜）

・潮見島にやってきた深冬達。離島留学センターに滞在し、センターの手伝いをしながらフィールドワークを行うことに。

・島民の優弥へ対する扱い（「島出身の子が帰省した」以上の歓迎振り）に違和感を覚える深冬。フィールドワークをする中で、潮見島の信仰と優弥の関係を知る。

●柑奈との出会い（八月十四日〜）

・センターや島内の小中学校でボランティアをする中、深冬は周囲とは雰囲気の違う少女：汐谷柑奈と出会う。生徒数が少ないにもかかわらず周囲から浮いている柑奈は、自ら進んで孤独を選んでいるように見えた。

・島から本土の高校へ通っている花城慧から、深冬は柑奈の生い立ちと潮祭の関係を聞く。実家の跡取り問題を煩わしく思っていた深冬は、生まれてから一度も島外に出たことがなく、周囲の大人に言われた通りの人生を選択する柑奈に興味を持つ。慧はそんな柑菜を見かねて深冬に「外の世界を教えてやってくれ」と相談してくるも、柑菜は芳しい反応をしない。むしろ、実家の家業を蔑ろにしようとする深冬を柑奈は軽蔑する。

●渚が島へやって来る（八月二十日〜）

・汐谷家や島民による柑奈へと扱いを疑問に思う深冬。潮田家の人間である優弥が何もしないことに苛立ちを覚える。

・そんな折、一人の女性がフェリーで潮見島にやって来る。女優の渚優美だった。優弥の好きな芸能人が突然島に現れたことに深冬は困惑するが、島民の驚き振りはそれ以上。実はその女性が柑奈の姉：渚であることがわかり、渚はショックを受ける。

・深冬は（慧？　柑奈の両親？　優弥の両親？　センター長？）から渚の過去を教えられる。

・留学センターに宿泊することになった渚は、深冬達のボランティアやフィールドワーク

この段階では物語の流れが見える程度のざっくりとしたプロットです。書きながらどんどん変わっていきます。

そういえば、『完パケ!』(講談社)を書いたときは担当編集・M口氏から「キャラクターのビジュアルを固めましょう!」と提案された。登場人物が多いから、書き分けをするために登場人物の外見や雰囲気をイラストや写真などで具体的にイメージできるようにしておくのだ。芸能人の写真や漫画のキャラクターを使ってまとめた。これがなかなか効果的で、登場人物の見た目が思い浮かぶと、「こいつはここでどんな風に言うんだろう?」「どういう反応をするんだろう?」という疑問に、すらすらと答えが出る。ビジュアルって大事。超、大事。

小説ができあがるまでに作家と編集がやってること③~執筆編~

プロットができあがり、無事GOサインが出たらいよいよ執筆が始まる。

こうなったらひたすら作家が頑張るだけである。担当編集と取材に行ったり、原稿を確認してもらったりなどはするが、基本的に作家がひたすら頑張って原稿を仕上げる。

作家同士で執筆使用するソフトの話になると、派閥同士の骨肉の争いが起こる。Word派、一太郎派、text派、アウトラインプロセッサ派……。私は「秀丸エディタ」というシェアウェアのアウトラインプロセッサを使っている。横書きにしか対応していないのだが、ファイル全体をツリー構造で表示できるのがとても便利だ。プロットや登場人物、舞台設定といった項目を、本編と一緒にまとめて一つのファイルにしておけるし、文章の入れ替えもスムーズにできる。

執筆期間も作家によってさまざまで、私の場合は単行本一冊分（四百字詰め原稿用紙で四百〜五百枚くらい）を書くのに、三ヶ月ほどかかる。

正直、執筆編で書くべきことはほとんどない。ただ書く。ひたすら書く。それ以外はない。締切までの日数と書くべき枚数を計算して、時限爆弾が自分の頭上につるされているような気持ちでキーボードを叩く日々が続く。

どんなにプロットを綿密に書いても、実際に執筆しながらでないとわからないことはたくさんある。私の場合は特に、登場人物の心境の変化とか、それぞれの抱えた葛藤との折り合いの付け方とか、周囲との関係性の変化とか、そういったものが書きながらでないと見えてこない。非常に厄介な性質の作家だ。プロットの段階でこれを明確にできないものかといつも思っているのだが、未だに実践できたことがない。登場人物達と一緒に物語の中を歩いて初めて、「彼はこう変わっていくに違いない」とか「彼女はこう思うはずだ」という確信を得ていく。

書いて書いて、書いては消し、ときどきごっそり修正する。それを繰り返して、原稿用紙にして五百枚を埋めていく。

スケジュールを読み間違うと地獄だ。担当編集からもの凄く冷静でにこやかな「原稿まだですか？」というメールが届く。恐怖のあまりそのメールへの返信を怠ると、携帯が鳴る。これが本当に心臓に悪い。

小説ができあがるまでに作家と編集がやってること④～改稿編～

紆余曲折を経て無事原稿が書き上がる。この「とりあえず最後まで書ききった原稿」を第一稿と呼ぶ。これを担当編集に送り、チェックしてもらう。大体ここで一発打ち合わせである。

顔を突き合わせて、改稿ポイントを話し合っていく。特に第一稿の段階では原稿をごっそり書き換えることも多い。主人公の性別が逆転したり、第一稿では存在しなかった人物が重要なポジションで登場したりもする。逆に存在が抹消されてしまう人もいる。

第一稿は、まだまだ不完全なのだ。私の場合は、第一稿はとてもじゃないがお金を払って読んでもらえる状態ではない。ここから少しずつ担当編集と議論しながら、牛丼三杯分のお金を払ってもいいと思ってもらえるものに仕上げていく。

例えば、『屋上のウインドノーツ』には青山瑠璃という主人公の幼馴染みが登場する。主人公の性格を決定づける非常に重要なポジションの女の子だ。この子は第一稿には存在せず、かなりあとになってから無理矢理ねじ込んだキャラクターである。元々、作中には主人公が打ち倒すべき悪役がいたのだが、担当編集・Y下氏から「ただの勧善懲悪はNG。悪役がただの悪い人で終わっては、物語に深みがない」と言われ、悪役ではなく幼馴染みに変更した。悪意はないのに、主人公に「依存」という形で悪い影響を与えてしまう存在にしたのだ。これが通ったことで、『屋上のウインドノーツ』は今の形になった。

また、すべての担当編集が口を揃えて言うことがある。

「もっとわかりやすく」

勤めている出版社も年齢も性別も経歴も、これまで出してきた本も全く異なるのに、同じ修正指示を口にする。

登場人物がどうしてこんな行動を取ったのか。

どうしてこんなことを思ったのか。

どうしてこんな心境の変化に至ったのか。

「書き過ぎってくらい、書いてください」

「作者が思っているほど、きちんと読み取ってくれる読者ばかりではありません」

「むしろ説明し過ぎでちょうどいいくらいです」

作者としては、「ここは行間を読んでほしい」とか「あえて明言せずに想像してほしい」とか、いろいろ願いを込めてあえて書かずにいることもある。もちろん担当編集もそれらをすべて一から十まで説明しろとは言わないし、私もやらない。

そこはまさに【作家と編集の関係】で書いた、「互いの妥協できる塩梅を探す」という行為なのだろう。

こんな具合に、第一稿ではかなりの量の修正を行う。第二稿、第三稿……と改稿を重ねていき、少しずつ完成度が上がっていく。

これが上手く行けば、原稿は文書ファイルから、いよいよ《ゲラ》に姿を変えるのだ！

小説ができあがるまでに作家と編集がやってること⑤～ゲラ編～

ゲラ。

これは《ゲラ刷り》の略である。校正刷りとも言う。原稿を実際の本のレイアウトに落とし込んだものを差す。作家がＷｏｒｄなどの文書作成ソフトでちまちまと打ち込んでいたものを、ＤＴＰ（組版）の専門職の方に預けて綺麗に体裁を整えてもらうのだ。

ゲラが出てくると、一気にテンションが上がる。パソコンでせっせと書いてきた物語が、いよいよ紙の本の形になるのだ！

しかし、ここから刊行までにもさまざまな工程がある。

作家や担当編集がゲラをチェックするのはもちろん、ここで《校閲》という、作家が足を向けて寝られない存在が登場する。

校閲者の仕事は、ゲラの中の誤字脱字、文法上の間違いや内容の不備などを指摘することだ。ミステリーの場合はトリックの整合性なども細かくチェックするし、歴史小説の場合は歴史的事実の確認まで、とにかく小説の隅々まで目を凝らし、間違いや矛盾がないか

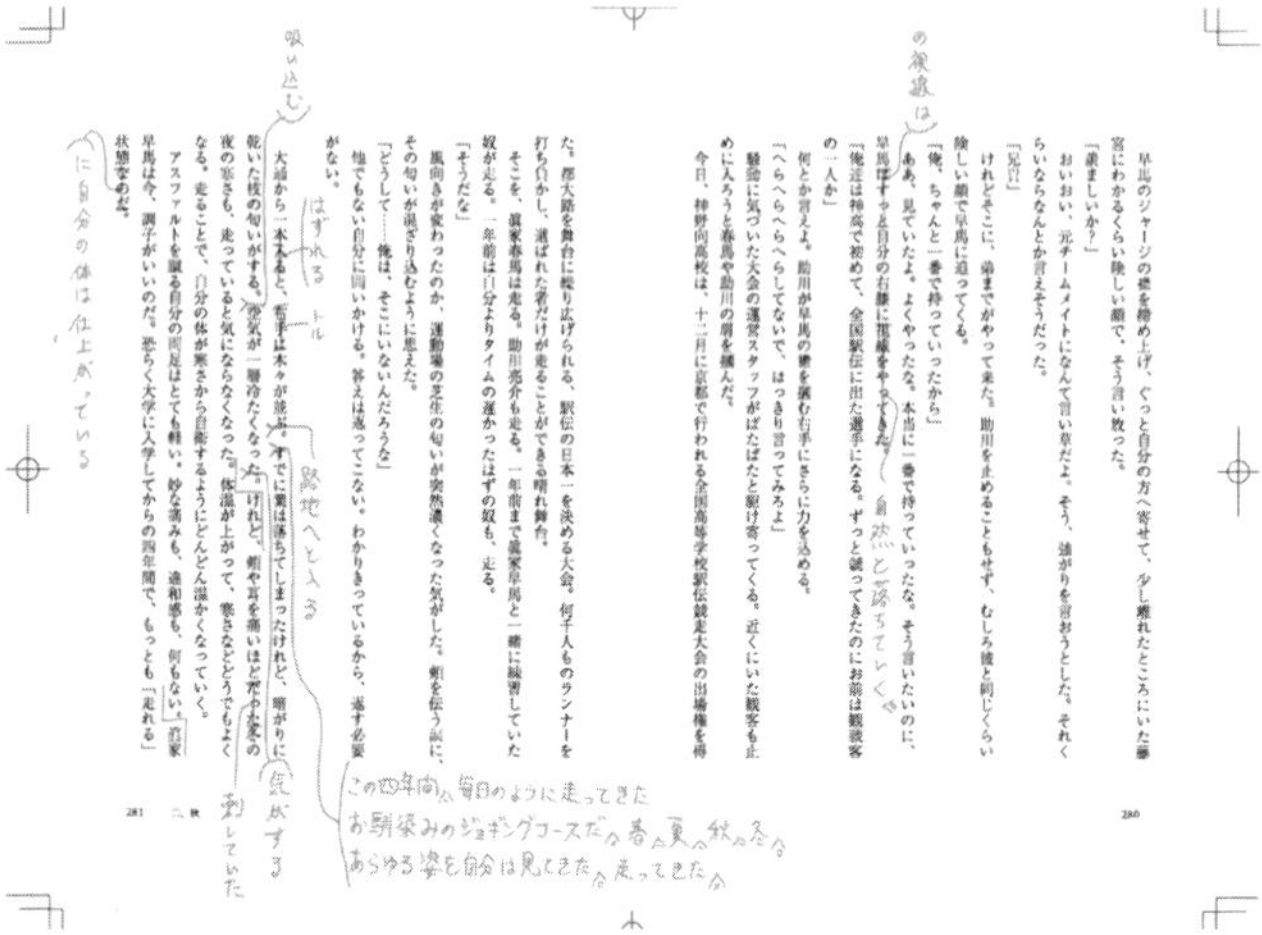
早馬のジャージの襟を締め上げ、ぐっと自分の方へ寄せて、少し離れたところにいた藤宮にわかるくらい険しい顔で、そう言い放った。

「羨ましいか？」

おいおい、元チームメイトになんて言い草だよ。そう、強がりを言おうとした。それくらいならなんとか言えそうだった。

「兄貴」

けれどそこに、弟までがやって来た。助川を止めることもせず、むしろ彼と同じくらい険しい顔で早馬に迫ってくる。

「俺、ちゃんと一番で持っていったから」

ああ、見ていたよ。よくやったな。本当に一番で持っていったな。そう言いたいのに、早馬はずっと自分の右膝に視線をやってきた。

「俺達は神高で初めて、全国駅伝に出た選手になる。ずっと謳ってきたのにお前は観戦客の一人か」

何とか言えよ。助川が早馬の襟を掴む右手にさらに力を込める。

「へらへらへらしてないで、はっきり言ってみろよ」

騒動に気づいた大会の運営スタッフがばたばたと駆け寄ってくる。近くにいた観客も止めに入ろうと春馬や助川の肩を掴んだ。

今日、神野向高校は、十二月に京都で行われる全国高等学校駅伝競走大会の出場権を得
280
た。都大路を舞台に繰り広げられる、駅伝の日本一を決める大会。何千人ものランナーを打ち負かし、選ばれた者だけが走ることができる晴れ舞台。

そこを、藤宮春馬は走る。助川亮介も走る。一年前まで藤宮早馬と一緒に練習していた奴が走る。一年前は自分よりタイムの遅かったはずの奴も、走る。

「そうだな」

風向きが変わったのか、運動場の芝生の匂いが突然濃くなった気がした。頬を伝う汗に、その匂いが混ざり込むように思えた。

「どうして……俺は、そこにいないんだろうな」

他でもない自分に問いかける。答えは返ってこない。わかりきっているから、返す必要がない。

大通から一本入ると、右手は木々が並ぶ。すでに葉は落ちてしまったけれど、暗がりに乾いた枝の匂いがする。空気が一層冷たくなったけれど、頬や耳を痛いほど冷やす冬の夜の寒さも、走っていると気にならなくなった。体温が上がって、寒さなどどうでもよくなる。走ることで、自分の体が寒さから自衛するようにどんどん温かくなっていく。

アスファルトを蹴る自分の両足はとても軽い。妙な痛みも、違和感も、何もない。藤宮早馬は今、調子がいいのだ。恐らく大学に入学してからの四年間で、もっとも「走れる」状態なのだ。
281　二 秋

『タスキメシ』(小学館)のゲラの一部分。文章を削ったり追加したりを繰り返しながら、ブラッシュアップしていきます。

をあぶり出してくれる。

単純な誤字脱字でも、一度印刷して流通してしまったらどうすることもできない。作家は校閲者には頭が上がらないのだ。

特に私は誤字脱字が多い。担当編集にも校閲者に申し訳ないくらい、多い。それでも毎回、校閲者は鉛筆でゲラに疑問点を書き記してくれる。どう考えても誤字！　という部分にも「〇〇では？」と疑問符をつけてくれるのだから、感謝感謝である。

本書では特別に、出版社に残っていた『タスキメシ』の校正中のゲラを掲載している。未完成の原稿をチラ見せするのはなかなか恥ずかしい。あまり綺麗なものじゃないので、悪しからず。

そういえば『タスキメシ』のゲラを確認しているとき、こんなことがあった。

作中で主人公・眞家早馬の弟・春馬がとあるお菓子を食べながら歩くシーンがあったのだが、それに対して校閲者から「このお菓子は○年前に製造中止になっています。作中では二〇一五年のはずなので、このお菓子が存在するのはおかしい」という指摘が入った。もう、菓子折りを持ってお礼に行きたいくらいである。

担当編集と校閲者からの指摘が入ったゲラを、作家はチェックする。ゲラになる前にしっかり改稿しているから、ここでの修正は最低限……となるはずなのだが、なかなかそう上手くも行かない。この段階で一章丸々原稿を差し替え、などという申し訳ない修正をすることもある。

この作業を何度か繰り返し、少しずつ少しずつ、完成度を上げていく。

校正の途中で、校了前のゲラや、プルーフという見本誌を全国の書店員さんに配ることもある。発売前に本の内容を知ってもらい、発売と同時にプッシュしてもらうためだ。書店員さんから感想を集めて、本の帯に掲載させてもらう、なんてこともある。

小説ができあがるまでに作家と編集がやってること⑥～装幀編～

ゲラのやりとりと並行して、本の装幀も少しずつ形になって行く。ゲラが本の中身を作っていく作業なら、装幀は本の外見を作っていく作業だ。

装幀を担当するデザイナーと担当編集とで、本の外見をどういったものにするか、すり合わせを行う。カバーはイラストにするか？　写真にするか？　帯はどんなものにするか？　扉や目次のデザインはどうするか？　小説＝中身をより魅力的に見せることのできる外見を整えていくのだ。

特にカバーは大事だ。書店に並んだとき、タイトルより著者名より先に目に入るのが、カバーだから。カバー一つでその本が書店でどれくらいの存在感を発揮できるのかが決まる。大事な大事な、本の顔なのだ。

デビューしてからこれまで、額賀の本のカバーはすべてイラストだった。文芸書全体でイラストの表紙が増えている影響もあるだろうけれど、どの本も素敵なイラストレーターに恵まれた。みなさん、素晴らしい装画を描いてくださった。

実際にカバーに使用するイラストができあがる前に、イラストレーターはラフを描いてくれる。担当編集との打ち合わせを元に、簡単な構図と全体の雰囲気がわかるものを見せてくれるのだ。このカバーラフが上がってきたとき、そして完成した装画を見せてもらえたとき。私はこのとき、一番テンションが上がる。小説の第一稿を上げたときよりも、発売日に書店に並んだときより、本の顔が見えたときが一番嬉しいのだ。

先程、プロット編で登場人物のビジュアルが見えると執筆がさくさく進むという話をしたが、装画にも同じことが言える。

二〇一七年六月に『屋上のウインドノーツ』が文庫化された。単行本の装画はイラストレーターのきたざわけんじさんが手がけてくださった。文庫化に伴い、単行本になかなか手を伸ばしてくれない若い層を読者ターゲットにしようということになり、イラストレーターのけーしんさんに装画をお願いした。

けーしんさんからラフが上がってきて、ここで初めて『屋上のウインドノーツ』の主人公二人の顔が描かれた。けーしんさんのイラストに引っ張られる形で、ゲラに大量の修正を入れた。顔というビジュアルがついたことで、登場人物の口調や仕草に変化が生じたのだ。「こいつこの顔でこんなことしないよな」とか「この子は〇〇なんて選択はしない気がする……」と、装画からインスピレーションが湧いて来た。どれくらい修正をしたのか気になる人は、ぜひ『屋上のウインドノーツ』の単行本と文庫本を比べてみてほしい。

小説ができあがるまでに作家と編集がやってること⑦～本が書店に並ぶまで編～

無事ゲラが校了し、装幀などの本の外見も完成すると、いよいよ本は書店に並ぶ。編集部だけでなく、営業、宣伝、販売といったさまざまな部署の人が動き回り、書店配布用のPOPや宣伝パネルを作る。せっかく頑張って作った本だ。一冊でも多く売れるよう、いろんな人がアイデアを出してくれる。

「作者の地元の書店に重点的にプッシュしよう」

「モデルになった大学の購買部に置いて貰えるように交渉してみよう」

「面白い形のPOPを作ってみよう」

「〇〇雑誌社や〇〇新聞社に見本を送ってみよう」

「ツイッターでこういう宣伝をしてみよう」

さまざまな部署で働く人々が知恵を出し合って、本を売るための作戦が練られていく。私もささやかながら自分のツイッターを通して新刊を宣伝する。

毎日、大量の本が発売される。書店の棚はまさに戦場だ。隙があればあっという間に他の本に場所を奪われてしまう。一つの出版社から出る本だって膨大な数になる。すべての本をばっちり宣伝してもらえるならもちろん嬉しい。でも、そう上手く行くわけがない。どの出版社だって宣伝に使えるお金や人員に限りがある。そうなれば「これぞ」という本や、確実に売れる本を宣伝したいと思うのは当然だ。作家も本が出たからそれでお終い、という気分ではいられない。SNSの素晴らしさは、作家個人でいろんな人と繋がって、直接本の情報を届けることができる点だ。先述したゲラやプルーフを書店員さんに読んでもらうときも、ツイッターを使って直接「プルーフ読みたい人いませんか?」などと告知することだってある。

本が発売され、運良く雑誌社や新聞社からインタビューの依頼が来れば、担当編集と一緒に取材撮影に出向く。写真やインタビュー原稿のチェックももちろんする。力を入れて売ってくれている書店に「書店回り」というご挨拶に伺うこともある。そこで色紙やサイン本を作らせてもらうのだ。

本が書店に並んでからも、作家と担当編集の仕事は山積みだ。自分達が作った本を少しでも多くの人に知ってもらえるよう、とにかく走り回る。

そして、次はどんな小説を書くか。また打ち合わせという名の飲み会が始まるのだ。

第二章

とある敏腕編集者と、電車の行き先表示

「キャラクターが弱いですよね。『屋上のウインドノーツ』は」

額賀のデビュー作の一つ、『屋上のウインドノーツ』の単行本と文庫本を前に、その人はそう言い放った。

二〇一七年八月十五日。終戦記念日の市ケ谷。靖国神社にほど近いオフィスの会議室でのことだった。

ちなみにこの人、私の担当編集ではない。

この日初めて会った、担当累計六千万部突破のとある敏腕編集者である。

文庫本が発売される意味

二〇一五年にデビューした私にとって初の文庫本が、二年後の二〇一七年六月に発売された。文春文庫より刊行された文庫版『屋上のウインドノーツ』である。

念のためここで一度、単行本と文庫本の違いを解説しておきたい。

●単行本＝本来の意味は「単独で発行された本」を指す。サイズはさまざまだが、左図・右のような大きさのものがスタンダード。値段は高いが、作品が発表されてすぐに読むことができ、長期間保存するのにも向いている。

●文庫本＝左図・左のような小型の本のこと。単行本が発売されてからある程度期間を経た後、廉価版として売られる。安く持ち運びがしやすいが、発売まではやや時間がかか

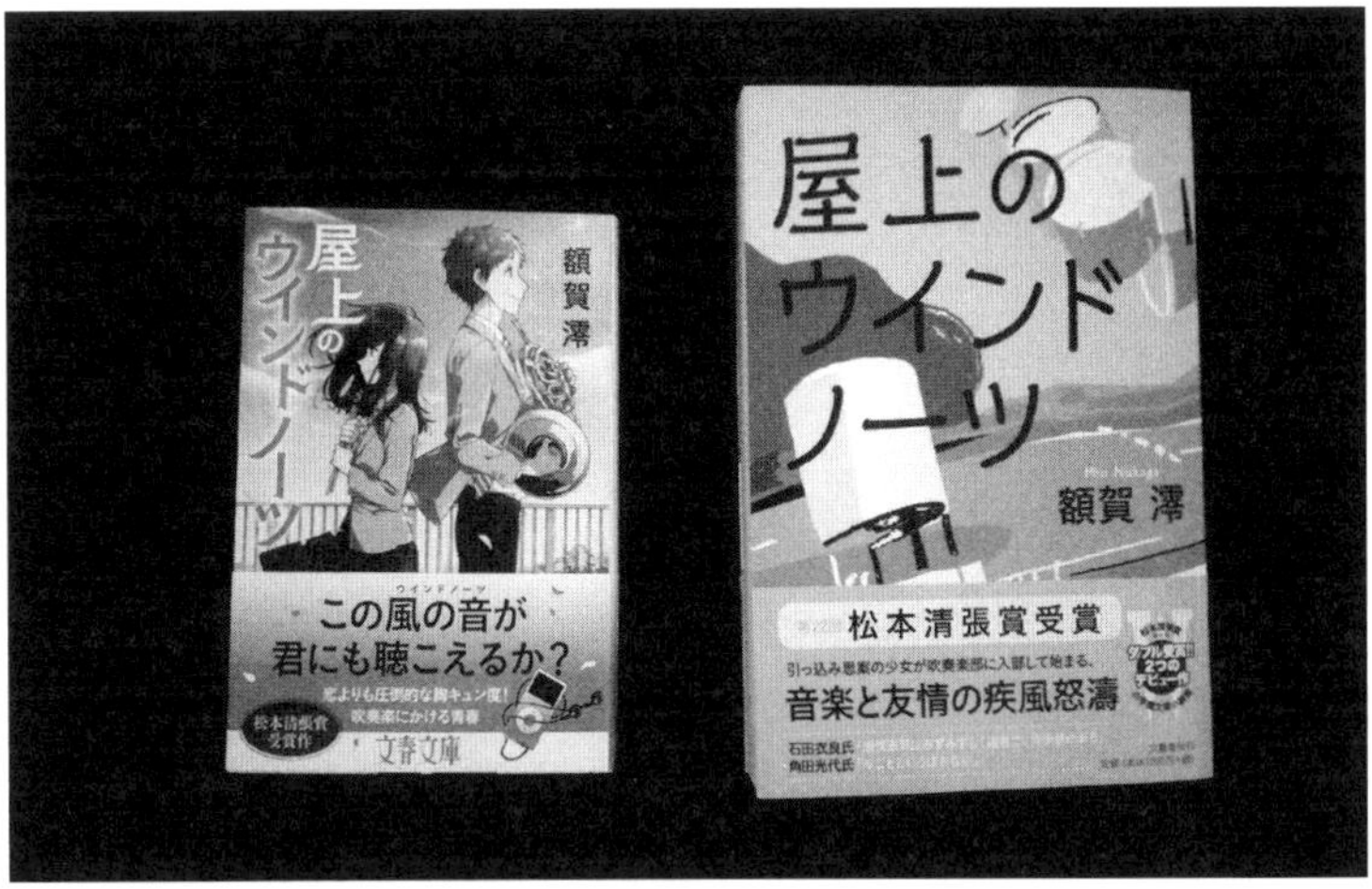

『屋上のウインドノーツ』（文藝春秋）の単行本と文庫本。こうして並べるとサイズはもちろんのこと、装画の雰囲気もだいぶ違います。

る。最近は文庫で書き下ろし＝単行本を出さずに文庫で新作を発表する、ということも多い。

文庫本が出たら単行本を買う人はほとんどいなくなるし、文庫本は値段が安い分、印税は低くなる。これだけ聞くと作家側に果たして文庫本を出すメリットがあるのだろうかと思う人もいるかもしれない。しかし、私は文庫が出るのをデビューから二年間、ずっと待ち望んでいた。

序章「ゆとり世代の新人作家として」でも書いたが、一冊一五〇〇円の単行本を買って読む人というのは、本当に本当に、本が好きな方々だ。安価な文庫本になってやっと、額賀のような新人作家の本は多くの人へ届く。作品としての第二のスタートが、文庫本の発売日なのだ。

文庫本の持つパワー

さて、文庫化された『屋上のウインドノーツ』だが、見た目の変化に驚いた人も多いかもしれない。単行本とは打って変わって、文庫本は主人公二人の可愛らしいイラストが入り、ガラリと雰囲気が変わった。帯に躍る「松本清張賞受賞作」という言葉が誤植か何かに見える。松本清張先生がお怒りでないか、私はそれだけが心配だ。

文庫本を担当した文春文庫のY下氏は、文庫化を知らせるメールの中でこう言った。

「文庫版の表紙は、単行本とはまた違った雰囲気の方がいいかと思います。若い層の読者が増えると思いますので、少しキャラクター文芸寄りの雰囲気にするのもありかと」

Y下氏の言葉に私もその通りだと思い、文庫版『屋上のウインドノーツ』はイラストレーター・けーしんさんのイラストと共に、新しい形で再び書店に並んだ。

評判は上々だった。ツイッター等で感想を寄せてくれる人の年齢層が広がり、吹奏楽に励む中高生が読んでくれるようになった。図書館の司書の先生からは「イラストの表紙になったことで生徒達が手に取りやすくなった」という意見をもらった。

作品としての第二のスタート、文庫本の影響力を、ゆとり作家は目の当たりにすることになる。

しかし、同時にこんなことをとある人から言われた。
「額賀さんのデビュー作、ラノベみたいな見た目になりましたね」

ライトノベルの定義とは

ライトノベル、通称・ラノベ。実はこれ、日本で生まれた小説のカテゴリーだ。その歴史を語り始めるとそれだけで一冊の本が書けてしまうので、ここでは割愛する。小説のジャンルとしてはまだまだ新しい分野なのにもかかわらず、その市場は二百億円を超え、ひとたびヒットすればアニメ化、コミック化と、さまざまなメディアミックスが展開される。

私がまだ中学生だった二〇〇三年に、一冊のライトノベルに出会った。ラノベの代名詞、電撃文庫から発売された『灼眼のシャナ』シリーズである。

当時の私は、はやみねかおるさんと重松清さんとあさのあつこさんを愛する、非常にわかりやすい「読書好きの中学生」だった。教室の隅っこで、日陰で、息を殺すようにして読書をしていた。もちろん学校は好きじゃなかった。読書をする奴は教室内のカーストの最下層にいて、基本的に「何をしても、何を言ってもOK」な存在とされていた。読書が好きな奴というのは、そういう人種なのだと自分自身で思っていた。

ところが、教室の中で、それまで明らかに読書なんてしていなかった人達が、本を読み出したのである。それが、ライトノベルだった。秋山瑞人さんの『イリヤの空、ＵＦＯの夏』だった。

どうも自分が読んでいるのとは違うジャンルの本がこの世に存在するらしいと知った中学一年生の額賀は、書店を探し回る。書店の奥に、ラノベの棚はあった。あの日、そこに平積みされていたのが高橋弥七郎さんの『灼眼のシャナ』である。平凡な男子高校生と異能の力を持った一人の少女とが出会うことで始まる物語だ。

額賀はライトノベルと出合ったのである。

そして、ラノベを読む、それまでとは違った種類の友人を得た。二年後の二〇〇五年に、『灼眼のシャナ』はテレビアニメ化される。録画したＤＶＤを学校の美術室で友人達とこっそり観ようとして、何故か音しか再生されなくて、「絵は想像しよう！」「音だけ楽しもう！」と笑い合ったこともあった。

あれから十年以上たち、ライトノベルの市場はとてつもなく大きくなった。ラノベという言葉が広く認知されるようになり、書店のラノベの棚は年々大きくなり、数々のヒット作が生まれた。ラノベをがっつり読む同居人の黒子ちゃんに比べたらずっと少ないが、私もそれらを読んで大人になった。

こうして執筆をしている合間、深夜にテレビを点ければ、ラノベ原作のアニメが放映されている。「本が売れない」を合言葉のようにして本を作っている側から見ると、何だか景気がよさそうな世界だ。

でも、どちらも同じ本なのである。紙に文字を印刷して、綴じて、表紙をつけて、書店に並べる。書かれている物語が異なるだけで、そこにあるのは同じ本だ。なのにどうして文芸書を作る私達は「本が売れない」と疲弊していて、ラノベの世界はあんなに元気そうに見えるのだろう。

いわゆるラノベ。いわゆる文芸書。その違いは一体何だろう。

ライトノベルには未だ明確な定義がない。「中高生をメインターゲットにしたエンターテインメント小説」で「表紙にイラストが使われることが多い」というのが、私の認識だ。何をもってラノベとするのかは、きっと読み手によってそれぞれ定義が異なるだろう。

しかし、考えてみてほしい。

中高生をメインターゲットにしたエンターテインメント小説。

表紙にイラストが使われることが多い。

それは、額賀の書く小説も同じじゃないか？

はい！　その通りです！

文芸はライトノベル化している？

「『屋上のウインドノーツ』って、ラノベだと思う？」

夜中に突然そんなことを言い出した私に、同居人の黒子ちゃんは顔を顰《しか》めて「はあ？」と言った。ちょうどその日、黒子ちゃんに薦められて伏見つかささん原作の『エロマンガ先生』のアニメの一話を一緒に観ていた。タイミングよくＣＭに入ったところで、私はそんな話を切り出した。

『エロマンガ先生』は、主人公が高校生ラノベ作家、妹がイラストレーターというお話。作家として胃がきりきりする台詞やエピソードが不意打ちのように飛んでくる。ちょうど、講談社から二〇一八年二月に刊行された『完パケ！』の原稿と戦っているところだった。担当編集・Ｍ口氏から「主人公二人のキャラクターをもっと立てて、違いを際立たせて」という指示を何とか反映すべく、うーんうーんと唸りながら原稿と格闘していた。

「『屋上のウインドノーツ』、めでたく文庫化したじゃないですか」

「しましたね」

「表紙をキャラクターのイラストにしたじゃないですか」

「可愛いですよね、けーしんさんのイラスト」

「〇〇さんとか××さんに『ラノベっぽくなりましたね』って言われたじゃん？　でも実際、ラノベとそんな大きな違いないんじゃないかと思えてきたんだ」

そう思うに至った経緯と事情を説明したが、黒子ちゃんは「はあ？」と言ったときの顔のまま、首を横に振った。

「それはない」

「どうして」

「ラノべ感がないので」

そうとだけ言って、黒子ちゃんはテレビに向き直ってしまう。ＣＭが明けたので、とりあえずアニメが終わるまでこの話は保留にした。

「……ラノベ感とは？」

エンディングが始まってすぐ、質問の続きをする。

「ラノベ感はラノベ感ですよ。ご自分だってラノベをちょっとは読むんだからわかるでしょう。昔、ラノベ書いてたんだから」

「書いてたけどさ」

そう。大学時代、黒子ちゃんと出会った頃。私は黒子ちゃんの影響でラノベを書いていた時期があった。賞に応募したことだってあった。箸にも棒にもかからなかった上に、原稿を読んだ黒子ちゃんに鼻で笑われたのを未だに覚えている。

「ラノべの賞で一次選考も通過したことがない人間の思うラノべ感なんて、絶望的に当てになんないでしょう」

「とにかく額賀さんの小説にはラノべ感がありません。だからいくら表紙がイラストになっても、ラノべではないです」

ここ数年、文芸書の表紙にキャラクターのイラストが使われることがぐんと増えた。書店の棚を見回すとよくわかる。イラストを使った表紙が、文芸書の間では大流行しているのだ。ライトノベルのレーベルのロゴを表紙に貼り付けたら、ラノベと言っても違和感のない文芸書がたくさん書店に並んでいる。

その上、文芸とライトノベルの中間に位置するライト文芸やキャラクター文芸などというジャンルまで誕生した。三上延さんの『ビブリア古書堂の事件手帖』（メディアワークス文庫）が大ヒットし、メディアミックス展開が活発になった頃から急速に増えた。ラノベと同じように表紙にイラストを使い、シリーズ化を前提に展開する。新潮文庫ｎｅｘ、講談社タイガ、集英社オレンジ文庫など、メディアワークス文庫に続くようにしてライト文芸レーベルが誕生した。

最早《もはや》、何がラノベで何がラノベでないのか、何が文芸で何が文芸でないのか。作る側も、読む側も、はっきりと区別できないだろう。

むしろこれは、「本が売れない」と喘ぐ文芸の世界が、元気なラノベの世界に少しずつ近づいているということなのかもしれない。

だがそれは、ただキャラクターのイラストを表紙にすればいいということなのだろうか。ただシリーズ化すればいいということなのだろうか。それで本は売れるのだろうか。「本が売れない」という作家の、編集者の、出版社で働く大勢の人の、数多《あまた》の書店員の悩みは、そう簡単に解決されるものだったのだろうか。文芸とライトノベルの間にはもっと根本的な本作りの手法の違いがあるのではないか。

その違いを探ればヒントが転がっているかもしれない。

あ、あと、『完パケ！』で苦戦している《キャラを立たせる》ためのヒントも……！

……という個人的な修羅場の話題は置いておいて、醬油ラーメンと豚骨ラーメンの店が隣り合って営業していて、醬油ラーメンの店は苦戦していて、豚骨ラーメン屋は景気がよさそうだ。なら、醬油ラーメンの店の主は豚骨ラーメンの店がどんなことをしてお客を集めているのか、気にするべきだし、調べるべきだ。「うちは醬油だから。あっちは豚骨だから」なんて言っている場合ではない。

「よーし、会いに行こう」

「誰に？」とテレビ画面からこちらに顔を向けた黒子ちゃんに、私はとある編集者の名前を告げた。

「ずるい！」

いいなあ！　いいなあ！　そう繰り返す黒子ちゃんを尻目に、私はその人の名前をネットで検索した。

今観ている『エロマンガ先生』はもちろん、私が初めて読んだライトノベル『灼眼のシャナ』の、担当編集者だ。

担当累計六千万部突破の編集者

八月に入ってから梅雨のような天気が続き、なかなか快晴が拝めないまま日本は終戦記念日を迎えた。その日もやはり雨だった。傘を突き破ってきそうなほどの豪雨だった。嵐の中、額賀が足を踏み入れたのは株式会社ストレートエッジのオフィスだ。市ケ谷駅から徒歩十分少々。靖国神社にほど近いビルの二階。

通してもらった会議室には、ポスターが飾られていた。二〇一七年の二月に公開され大ヒットした『劇場版 ソードアート・オンライン ―オーディナル・スケール―』のポスターである。原作は川原礫さんの『ソードアート・オンライン』（電撃文庫）。VR（仮想現実）ゲームの世界で繰り広げられるこの物語は、コミックにもなり、アニメにもなり、ゲームにもなり、映画にもなった。累計発行部数は日本国内だけで一千三百万部を突破し、シリーズ第一巻はすでに百万部を超えている。しかも、ハリウッドでのテレビドラマ化まで決定しているのだ。

こうやって凄い点を挙げれば切りがないが、この原稿を書くにあたって私が一番唸ったのは、電撃文庫公式サイト内にある『ソードアート・オンライン』の作品紹介ページが、日本語と英語に対応していたことだ。これが『ソードアート・オンライン』という作品の大きさなのだなと思い知らされた。

出先から帰社する最中に渋滞に巻き込まれ、約束の時間に少し遅れてやって来た人物は、ずぶ濡れだった。そのずぶ濡れの男性編集者を、私は半口を開けて、多分、もの凄く間抜けな顔で見ていたと思う。

その人の名前は、三木一馬《みきかずま》。現在は株式会社ストレートエッジの代表取締役を務めているが、かつてはアスキー・メディアワークスの電撃文庫編集部で活躍していたライトノベル編集者だ。『灼眼のシャナ』はもちろん、鎌池和馬さんの『とある魔術の禁書目録』、先に挙げた『ソードアート・オンライン』、『エロマンガ先生』、同じく伏見つかささんの『俺の妹がこんなに可愛いわけがない』といった大ヒット作品を世に送り出してきた編集者。そして私が初めて名前を記憶した編集者でもある。

三木さんが担当した作品の発行部数は、なんと累計六千万部を突破している。六万部じゃなくて、六千万部である。ちなみに、私がデビューからこのときまで出した本（単行本六冊、文庫本一冊）の累計発行部数は、十一万七千部だ。その凄さをご理解いただけると思う。

『屋上のウインドノーツ』文庫化に伴いぶち当たった「文芸とラノベの違いとは？」「何故ラノベは売れるのか？」という疑問を解消するために、取材相手として三木さん以上の人はいなかった。

ちなみに三木さんは自著『面白ければなんでもあり　発行累計6000万部――とある編集の仕事目録《ライフワーク》』（KADOKAWA）にて、このように語っている。

ラノベの代名詞である電撃文庫ですが、実は僕の所属する電撃文庫編集部では、自分たちが作っている本をライトノベルだと思ったことはありません。（P7より）

今回の取材と本書の中では、わかりやすさを優先して《ラノベ》、《文芸》という単語を用いて表現している。三木さんも自著の中でそのように運用しているので、それに倣うことにした。

＊＊＊

『君の名は。』のヒットが私達に教えること

「ラノベだって売れてないですよ」

この本の企画趣旨と取材の目的を説明したところ、三木さんはまずそう言い切った。

「全然楽じゃないですよ。苦しいのは文芸と変わらないです」

三木さんがどういう真意でこう言ったのかはわからないが、その表情は何だか晴れやかで、ちょっと余裕すら感じられた。その瞬間、ああ、やっぱり何かあるんだよな、と思った。本当に「ラノベだって売れてない」のだとしても、この人はその中で《何かやっている》人だと。

「三木さんは、ラノベと文芸と、二つのジャンルにどういう違いがあると思いますか？　いわゆる文芸のジャンルで小説を書いている身としては、ラノベの世界は非常に元気で活気があるように見えるんです」

「そっかなあ、毎日大変ですよー？」

腕を組んだ三木さんは、その答えの糸口としてまず、二〇一六年に大ヒットしたあのアニメ映画の名前を出した。

「『君の名は。』があんなにヒットして僕も思い知ったんですけど、今はあらゆる創作物を受け取る側にとって、ジャンルの垣根がほとんどなくなったんですよね」

新海誠監督の長編アニメ映画『君の名は。』を説明する必要はないだろう。二〇一六年八月に公開され、『シン・ゴジラ』や『スター・ウォーズ／フォースの覚醒』を抑えて二〇一六年の年間映画興行収入ランキング第一位となった。

『君の名は。』のヒットは、新海誠ファンやアニメ好きだけでは到底成し遂げられるものではない。年齢、性別、趣味志向を超えて、幅広い層に受け入れられなければ興行成績二百五十億円なんて打ち立てられない。

「僕が中高生の頃ってねー、パトレイバーが好きな奴はいじめられたんですよ。オタクだー！　オタクがいるぞー！　って」

「わかりますー！」

　中学時代、私がラノベをこっそり読んでいたのは、そうなることを予想していたからだ。心の中に、これを読んでいたらからかわれたり馬鹿にされたりするという思いがあった。そういえば、おかゆまさきさんの『撲殺天使ドクロちゃん』を読んでいたクラスメイトがサッカー部の男子にいじられていたっけ。

「でも今、パトレイバーって実写化したり続編が作られたりして、むしろリアルで格好いいSFモノっていう立ち位置にあるでしょう？　これがもし、僕が高校生の頃だったらねー、絶対にそんな風にはならなかったはずなんですよ。オタクって、当時は社会から迫害される存在だったから」

　でも、今は違うんですよね、これが。そう続けた三木さんに、堪らず頷いた。

「アニメを観たり、ラノベを読んだり、好きなキャラのグッズを鞄につけたり、そういうことにオープンになったというか、やっても許される社会になりましたよね」

「そうそう。アイドルがアニメが好きだって言ってもファンが離れたりしなくて、むしろ新しいファンを呼び込むきっかけになったりする。昔ほどオタクとかアニメとかラノベに対する偏見がなくなってきたんでしょうね」

『君の名は。』のヒットにも、そんな社会の変化が影響している。映画館に（ジブリ以外の）アニメを観に行くことは恥ずかしいことではなくなった。ちなみに先日、アニメ映画『打ち上げ花火、下から見るか？横から見るか？』を新宿の映画館で観たのだが、私の隣はデート中のカップルで、前列は男子大学生三人組。後ろには高校生くらいの若い女の子のグループがいた。デートの一環でアニメを観ることが許されるのだ。

「僕は、最早受け取り手には『ラノベだから～』とか『アニメだから～』とか、もちろん『文芸だから～』という垣根はないと思っています。垣根を作っているのは、むしろ作り手の方かな」

垣根を作っているのは、本を作っている方。

その言葉にぎくりとした。そうそう、そうなのだ。

世に出た作品は、どれも必ず面白い

「突然ですが、僕は創作物に面白くない作品は一つもないと思ってるんです」

それは、三木さんが自著の中で何度も書いていたことだ。

例えば小説なら、作家は「面白い」と思ったからその小説を書き、編集者も「面白い」と思ったから出版した。漫画だってテレビ番組だって映画だってゲームだって、誰かが

「面白い」と思ったから世に送り出した。

「でも、送り届けるべきところに送り届けなければ、何万部刷ろうと意味がない。当然じゃないですか？　『肉が食いたい！』って思ってる人に『どうぞー美味しい野菜炒めでーす』って野菜炒めを持って行っても、『いや、美味しいかもしれないけど俺が食いたいの肉だから！』ってなるでしょ？　今は誰かに作品を送り届けるための手段がたくさんあり過ぎて困るくらいある。ということは、受け取る側が自分の興味がない作品に触れる機会も多いんですよね。多分、受け取る方も『自分が楽しめるのはどれなのか』って判断するのが難しくなってると思いますよ。ライトノベルっていうのは、『これはあなた達が楽しめるものですよ！』と理解してもらうための、電車の行き先表示みたいなものです」

電車の行き先表示。

その言葉に、私はテーブルの上に置いてあった『屋上のウインドノーツ』の単行本と文庫本に視線をやった。今回の取材の目的を説明するのに、『屋上のウインドノーツ』は実にいい素材だ。ちなみに、三木さんは取材にＯＫを出すのと同時に、私の本を読んでくださっていた。

「例えばなんですけど、この『屋上のウインドノーツ』は、単行本のときにはなかなか手に取ってくれなかった若い人にも読んでもらえるようにと、キャラクター文芸寄りの、登場人物のイラストを使用したカバーにしたんです」

吹奏楽部で活躍している中高生に対して、「君達が楽しめる小説だよ」と、行き先を示そうとしたと。

「でも、単行本のときと中身はほとんど一緒ですよね？」

そう言って三木さんは『屋上のウインドノーツ』の単行本と文庫本を手に取った。

その瞬間、ふと、頭を過《よ》ぎるものがあった。

文庫化するに当たって、単行本から中身は変わっていないのに、行き先表示だけを変える意味とは？　もしくは、文庫の方が正しい行き先表示なのだとしたら、単行本のときにどうしてそうしなかった？　三木さんは、言外にそう言いたかったのかもしれない。

送り届けるべきところに送り届けなければ、何万部刷ろうと意味はない。三木さんの言葉が、徐々に、じわじわと効いてきた。

そしてこの章の冒頭で書いた、あの台詞が飛び出した。

「キャラクター文芸っぽい雰囲気で売るにしては、キャラクターが弱いですよね。『屋上のウインドノーツ』は」

キャラクターが弱い。

発売から丸二年、『屋上のウインドノーツ』に対してそういう指摘を受けたのは初めてのことだった。

同時に頭を過ぎったのは『完パケ！』である。「キャラを立たせよ」という指令を受けた、現在進行形の原稿だ（二〇一八年二月に無事刊行）。

「弱いでございますか……」

「これは漫画の話ですけど、キャラクターはシルエットにしても誰だかわかるように描かないと駄目だ、って言うでしょう？」

人気漫画の登場人物は、シルエットにしても誰だかわかる。悟空もコナンもルフィもそう。黒で塗りつぶされてしまっても、その輪郭だけで判別できる。

「小説もそれと一緒なんですよ。たとえキャラクターの名前を忘れてしまっても、『あの○○してた奴』『いきなり××って叫んだ奴』って読んだ人が覚えていられるくらいじゃないと。ラノベと文芸の違いは、シリーズ化を前提としているかどうかが大きいと思います。シリーズとして何巻も小説を出すということは、そのキャラクターでずっと物語を書いていかないといけない。このキャラクターの物語をずっと読み続けていきたい……そんなキャラの強さが重要なんです」

例えば……、と三木さんはこちらが持参した『タスキメシ』を指さした。三木さんは、私がデビューから五ヶ月後に刊行した『タスキメシ』も読んでくださっていた。

『タスキメシ』は、陸上と料理を題材にした青春小説だ。長距離走の選手として活躍していたものの、怪我で競技を離れた主人公が料理にはまってしまうことから物語が始まる。箱根駅伝の事後番組で日本テレビの水卜麻美アナが紹介してくださったり、二〇一六年の青少年読書感想文全国コンクールで高等学校部門の課題図書に選んでいただけたおかげでヒットし、私の代表作となった。『タスキメシ』のヒットが、作家生活二年目、三年目をとても充実したものにしてくれたのは間違いない。

「『タスキメシ』だったら、《めちゃくちゃカロリーコントロールにうるさい部員》を出すとかね。しかもジンクスに拘《こだわ》りがあって、一日の摂取カロリーの端数を777にしたくて必死になってるの。練習終わりにマネージャーが作ったおにぎりを食べようってときも、『いや、俺、今日はあと十三キロカロリーしか摂取できないからっ！』って拒否するの」

もしそのキャラクターの名前を忘れてしまっても、「あいつあいつ、あのカロリーを絶対777にしたい奴！」とどんな存在か伝わるというわけだ。

「キャラクターの強さって、そういう設定をどれだけ積み上げられるかなんですよね」

最早取材ではなく、作家として原稿に駄目出しを受けている気分だった。

早く家に帰って『完パケ！』の修正をしたい……したいぞっ！

いじめられて図書館に逃げ込んでる奴

『タスキメシ』を捲りながら、三木さんは自身の中にある「デフォルトの読者」についても話してくれた。

三木さんが作る本は常に、その「デフォルトの読者」に送り届けるためにあるという。

「彼はいじめられてるんですね。学校が大嫌いで、クラスメイトも嫌いなんです。で、いつも図書館に逃げ込んでる。そんな彼が楽しんでくれる物語を僕は常に求めてます。そういう彼の日常ってどういうものだと思います？」

図書館に逃げ込んでる奴。そういう奴に、私は覚えがあった。

「し、しんどいです……」

例えば、小学生のとき。私は教室が嫌いだった。学校の中で一番落ち着くのは図書室だった。例えば、中学生のとき。私は数少ない友人と教室の隅で息を殺していた。

私はこのとき「いじめられて図書館に逃げ込んでる奴」に、堪らなく親近感を覚えていた。私が中学時代にラノベと出合ったのは、もしかしたら、そういう理由からだったのかもしれない。

「そうなんですよ。彼の毎日は、めちゃくちゃしんどいんです。周りは嫌な奴ばっかりでしょ？　努力はぜーんぜん報われないし、悪は絶対に成敗されない」

――そうそう、そうなのだ。現実って、そういうものなのだ。

「だからせめて、フィクションの中でくらい苦労やピンチを乗り越えて、勝利を掴みたいじゃないですか」

なるほどなあ、と思った。三木さんが『タスキメシ』を前にこの話をした理由が、よくわかった。

ネタバレになってしまうが、『タスキメシ』は三木さんの言う「苦労やピンチを乗り越えて、勝利を摑む」という結末を迎えない。むしろ、努力は報われないことを読む人に突きつける物語だ。

「だから、もし僕がこの小説の担当編集で、僕の思う『デフォルトの読者』に向けて本を作ろうとしたら、『タスキメシ』は《食》が勝利の決め手にならないといけない。他のチームは《食》を顧みなかったけど、俺達は《食》があったから勝ったぜ！　みたいなね。苦労やピンチを、《食》をきっかけに乗り越えていく。そんなカタルシスが必要です」

苦労やピンチを乗り越えて、勝利を摑む。胸の内でそう呟きながら、『タスキメシ』の結末を現行のものにしようと決めたときのことを思い出した。

「私、どうしても『現実って、そう易々とは行かないよね』って考えちゃうんですよね」

『タスキメシ』もそう。『屋上のウインドノーツ』の結末だってそう。作中で登場人物は努力するけれど、それが報われるかどうかは別問題。現実はそんなに優しくない。

ああ、もしかしたら、それがラノベと文芸の大きな違いなのかもしれない。

「物語の展開もそうですし、登場人物の作り込みでもそうですね。私も編集も、とことんリアリティを追い求めているんだと思います」

『タスキメシ』や『屋上のウインドノーツ』を読んだ人からは、「ラストが厳しい現実を突きつけるものだったからこそよかった」という内容の感想をもらうことが多い。私の小説を文芸作品として読む人達は、そういったリアリティを求めているのかもしれない。

「苦労やピンチを乗り越えて、勝利を掴む」ことを求めている人が私の本を読んだとしても、「面白くなかった」と本棚の奥にしまい込んでしまったり、何かの折りに古本屋に売りに行ったりするのかもしれない。声を上げることもなく、ただ静かに静かに。

電車の行き先表示が必要というのは、そういうことなのだろう。

「『タスキメシ』はご飯と陸上競技っていう設定がいいですよね。斬新です」

話の合間に、三木さんはそんな風に言ってくださった。『タスキメシ』のストーリーに触れつつ、いろいろと感想をいただいた。中学時代に夢中になって読んだ本を編集した人の口から自分の本の感想が出てくるのは、不思議な気分だった。純粋に嬉しかった。

しかし、三木さんの口から、『タスキメシ』の登場人物の名前は一度も出てこなかった。『屋上のウインドノーツ』の登場人物の名が出ることもなかった。キャラクターが弱いって、こういうことかと思った。

黒子ちゃんの言葉を思い出す。

『額賀さんの小説にはラノベ感がありません』

黒子ちゃんが言っていたラノベ感というのはきっと、三木さんの言うキャラクターの強さとか、「苦労やピンチを乗り越えて、勝利を掴む」というカタルシスの有無のことだったのだろう。

本を売る一番の近道

ライトノベルの利点について、三木さんはこのようにも語ってくれた。

「ラノベって、投じた資金を回収する機会が多いんです」

確かに、ラノベはメディアミックスの幅が広い。アニメはもちろん、コミカライズ、グッズ展開、ゲーム化。さまざまな媒体に作品が広がっていく。

「その点は漫画と似てますよね。『名探偵コナン』は長年テレビアニメが放映されていて、映画も毎年ヒットする。『ドラゴンボール』に至っては、もう連載は終了しているのに、アニメやグッズがあれだけ広く展開している。コミック以外のところで利益を得ることができる。ラノベも二次展開がしやすいので、文芸よりもジャンル全体が活発で、売れているように見えるのかも」

確かに、文芸作品の二次展開なんて、実写映画化やドラマ化くらいのものだ。もちろん作品によってはアニメ化やコミカライズが可能なものもあるだろうけれど。

「昔ならともかく、今の編集者は、本だけ作っていればOK、みたいな時代じゃないんです。本を編集するというより、媒体を編集するという方が近いですね」

アニメという媒体は、凄く伝播力が強いんですよ。

テーブルに少し身を乗り出して、三木さんは続けた。

「小説の市場は、はっきり言って小さいです。めちゃくちゃ小さいです。それが漫画になると市場の大きさが十倍になる。アニメになったらその認知度がさらに跳ね上がる。僕も自分が担当した作品がアニメになってよーくわかったんです」

『灼眼のシャナ』『とある魔術の禁書目録』『ヘヴィーオブジェクト』『アクセル・ワールド』『ソードアート・オンライン』『魔法科高校の劣等生』『俺の妹がこんなに可愛いわけがない』『エロマンガ先生』『電波女と青春男』『撲殺天使ドクロちゃん』……。三木さんが担当した作品は、数多くアニメになっている。

その中で、三木さんは見つけたのだろう。

「本を売るためには、アニメをヒットさせるのが一番の近道なんです」

にっこり笑いながら、三木さんは言った。

「アニメって、放映しただけじゃ大赤字なんですよ。DVDとかBDが売れて、初めてお金が回収できる。それらパッケージが売れれば、原作の小説も必然的に売り上げが伸びます」

「DVDやBDは売れたけど、原作は売れなかった、ということはないんですか？」

「パッケージは全然売れなかったけれど、原作は売れた、ということは多くあります。でも逆ってないいんですよ。アニメがヒットしてパッケージが売れれば、絶対に原作も売れるんです」

「アニメを成功させることが、本を売る一番手っ取り早い方法というわけですか」

「そういうことです」

満面の笑みでそう言われたら、聞かないわけにはいかなかった。

「では、ラノベの企画を立ち上げる段階から、アニメ化は意識してるんですか？」

「いや、しないですよ。僕は小説の編集者なので、まず本で売ることを一番に考えています。アニメ化するってなったら、そこで初めてアニメを作るプロがどうするかを考えればいいんですよ」

「でも、『これはアニメ化しにくいからアニメにならない〜』なんて言われてる本もありますよね？」

「どんなにアニメ化しにくい小説だって、売れてればアニメになりますよ。どんなに映像化しにくい作品でも、アニメにするために死に物狂いでその道のプロが考えますから。彼らはそれが仕事なんです。僕らが面白い本を作るのと同じように。『アニメ化しにくい』なんてのは、『もう少し売れてから出直してこい』という意味です」

実は私も、自著の中のいくつかに対し、「映像化しにくい」と映像業界の方から言われたことがある。懇意にしている人だったから、率直に「製作にかけたお金を回収できる算段が立たない作品だ」と言ってもらえて、逆にすっきりしたくらいだ。

「製作にかけたお金を回収できる算段」とは要するに、コンテンツとして充分売れているかどうか、ということだろう。

世知辛い！

お前は今、ドヤ顔しているか

最後に、こんな質問をした。

「売れる作品に一番必要なことは何ですか？」

この本の最終到達目標ともなる問いだった。

「作者がドヤ顔してるかどうかですね」

間髪入れず、三木さんはそう答えた。

「それは、作者がドヤ顔してるような作品はNGということですか？」

「いえいえ、違いますよ」

首を横に振りながら、三木さんは「逆です」と言う。

「作者がドヤ顔してるような作品じゃないと、生き残れないんです。特にラノベはシリーズ展開が前提ですから、そのシリーズを書き続けるためには、作者がドヤ顔できるくらいのパワーがないと」

よく、作家同士で集まるとこんな話になる。

自信を持って送り出したものに限って、ヒットしない。「どうなんだろう？」「受け入れられるんだろうか？」と首を捻りながら刊行したものが、ヒットしたりする。だから本当、何が売れるかわからない。

デビュー三年目の私にさえ、その経験がある。私の一番のヒット作になった『タスキメシ』が、実はそうだ。デビュー後一発目の書き下ろし長編。これで大丈夫だろうか。受け入れられるだろうか。そんな風に思っていた。

でも、作った人間がドヤ顔で送り出せない小説を、一体誰が面白がってくれるというのだろう。


「またいつでも来てくださいねー」

三木さんに見送られてオフィスを出ると、外はまだ雨が降っていた。でも、来たときよりは雨脚が穏やかになっている。何より、空が少しだけ明るくなっていた。

作家デビューしてから、数多くの作家と会う機会があった。かつて読んでいた本をその手で書いた人と、直接言葉を交わすことができた。その度に、「うわあ、私、作家になったんだ」と胸がときめいた。石田衣良さんの隣に座ってサンドイッチを食べたり、角田光代さんに人生相談をしたり、桜庭一樹さんに卵焼きの描写を褒めていただいたり……中学時代の自分が今の私を知ったら、ひっくり返るんじゃないかという経験を数え切れないほどした。

デビューして二年半もすると、徐々にそんな機会も減ってきた。良くも悪くも、作家としての自分が日常のものになった。

でも、その日、私は中学時代に夢中になった本を作った編集者に会った。その人に自分の書いた本を読んでもらえた。

うわあ、私、作家になったんだ。

久々にそう感じた。

そして、こうも思った。

好きなものを好きなように書く時期は、終わったのかもしれない。

この小説は、どういう人に楽しんでもらえるのか。どうすればその人にもっともっと楽しんでもらえるのか。その人に届けるためには、何をするべきなのか。

デビューして二年半。そういうことを考えるべきときが、来たんだ。


私はその日の夜、中学時代の友人にメールを送った。『灼眼のシャナ』や、ハセガワケイスケさんの『しにがみのバラッド。』、橋本紡さんの『半分の月がのぼる空』、住本優さんの『最後の夏に見上げた空は』を貸し借りして読んだっけ。ラノベだけじゃない。たくさんの本を一緒に読んで笑い合った。

『シャナを編集した人に会ったよ』

友人からは、『凄いね！　懐かしいねえ。あの頃はいろいろ読んだね』という返信が来た。

久々に、古びた中学校の校舎に戻った気がした。スカートが異様に長いセーラー服を着て、教室の隅で息を殺すようにして、友人と本の貸し借りをしていた自分に返った。

私の中の想定読者の中には、さまざまな年齢の自分がいる。もちろん、中学時代のあの日の自分もいる。

あの子が面白がって友達に貸したくなる小説を書きたい。あの子の友達が楽しんで、もっともっとあの子と一緒にいたいと思ってくれるような本を出したい。

それは時として、「苦労やピンチを乗り越えて、勝利を摑む」物語かもしれない。

それは時として、「現実の厳しさを垣間見《かいま》せる」物語かもしれない。

自分が選んだ題材とかテーマ、そして送り届けたい想定読者。それによって書くべきものは変わる。だからこそ《届ける努力》を怠ってはいけないのだ。

ただ、どんな物語を書くとしても、共通して思うことがある。変わらない願いがある。

あの子がたくさんでなくていいから、ささやかに友達を作る手助けができるような、そんな本であってほしい。

三木さんに会ったその後の話

何の偶然か、三木さんの取材をした直後、私はキャラクター文芸を刊行しているとある出版社の編集者から「僕と一緒にシリーズ化を前提としたキャラクター小説を書きませんか？」という依頼を受けた。

「奇遇ですね、実は先日、三木一馬さんを取材したばっかりなんです」

担当編集・O川氏は、「マジっすかっ？」「いいなー、僕もお会いしてみたいです！」と取材の内容に興味津々だった。おかげで打ち合わせも弾み、気がつけば額賀史上初のシリーズ物のキャラクター小説が始動した。刊行は二〇一八年の予定だ。

キャラクターの立て方、デフォルトの読者が気持ちよくなってくれるカタルシスの作り方、そしてドヤ顔。三木さんへの取材を通して学んだことがどれだけ活きるか、こうご期待！

第三章

スーパー書店員と、勝ち目のある喧嘩

「やばい、切符なくしました」

十月中旬のとある朝。東京駅。東北新幹線の乗り換え口で、この本の担当編集・ワタナベ氏がそんなことを言った。ちなみに、三木さんを取材している最中もずっと私の背後にいた。

「えっ！　出発まであと十分ないっすよ！」

「おかしい。確かにさっきまで存在していたはずなのに」

途中立ち寄ったバウムクーヘン屋さんやら階段やらを見て回り、最終的に切符はワタナベ氏の財布の中にあった。

そんなトラブルを乗り越え、私達は東北新幹線へ乗り込んだ。

行き先は、盛岡だ。

店頭からベストセラーを生み出す書店員

盛岡駅で昼食に蕎麦を食べた。天ぷら蕎麦にサイダーがついた「宮沢賢治セット」なる謎のメニューをワタナベ氏と揃って注文し、今日の取材の作戦会議をする。

「宮沢賢治にあやかって、この本も売れるといいですねえ」

「この本だけといわず、額賀の出す本すべて売れてほしいっす」

宮沢賢治セットの天ぷら蕎麦は美味かった。宮沢賢治の要素はどこに？　と思ったが、賢治は蕎麦とサイダーを一緒に注文して食すのが好きだったらしい。

「あ、ワタナベ氏、賢治の本が売れたのって賢治が死んでからです」

「なんと！　そういえばそうですね」

「私は生きているうちに売れたい！　死後評価されても意味ない！」

「僕だって自分が編集した本には生きているうちに売れてほしいですよ」

そうだ。二人で遥々《はるばる》盛岡に来たのは、三木さんのときと同様「本を売るにはどうすればいいか」を探るためだ。何故、東京から遠く離れた盛岡なのか？　その答えは、盛岡駅に直結する駅ビル「フェザン」の中にある。

「初盛岡、初さわや書店。これは記念すべき日です」

さわや書店は、岩手県盛岡市に本社があり、盛岡市内を中心に店舗を展開する老舗書店チェーンだ。近年ではタイトルや著者名、出版元を伏せて本を売る「文庫X」という取り組みが非常に話題になり、さわや書店からチェーン店の垣根を越えて全国へと広がっていった。こういった大きな取り組みばかりがメディアには取り上げられるが、さわや書店の面白さは、実際の店舗に行くとわかる。

私達が訪ねたフェザンには、さわや書店が二店舗入っている。フェザン店とORIORI produced by さわや書店だ。

フェザン店は書店員さんの手書きＰＯＰが店中にあふれている。機械で印刷されたＰＯ

Pの方が少ないという、珍しい書店だ。その迫力は、ぜひ直《じか》に見て体験してほしい。

ORIORI produced by さわや書店（通称・ＯＲＩＯＲＩ店）は、フェザン店と比べると新しくシンプルな店舗だ。文芸書の棚へ行くと、棚に差す著者の名前が書かれた札の代わりに、著者の顔写真とプロフィールの入ったパネルが並んでいる。床に目をやると、特設コーナーへ私達を誘導する矢印が点々と店の奥まで続いていた。

今日取材するのは、そんなＯＲＩＯＲＩ店の店長・松本大介《まつもとだいすけ》さん（二〇一八年三月現在は、フェザン店の店長）である。外山滋比古さんの『思考の整理学』（筑摩書房）、相場英雄さんの『震える牛』（小学館）、黒野伸一さんの『限界集落株式会社』（小学館）などがベストセラーとなるきっかけを作った、出版業界がその動向を常に注目する書店員の一人だ。

前回は編集者という作り手側の目線から「本を売る方法」を探ったが、今日はその本を実際に読者へと送り出す書店員の目線に注目したい。

書店から数多くのベストセラーを生み出したさわや書店、そして松本さんという存在は、そのテーマにもってこいだった。

「やっぱりね、作家さんの顔がわかると親近感が湧くと思うんですよね」

著者の顔写真が並ぶ棚の前で、松本さんはそう語った。

「お店のアルバイトの子に『現代作家の名前、誰でもいいから挙げてみて』って聞いたらね、大体三人くらいしか出てこないの。伊坂幸太郎さん、東野圭吾さん、有川浩さんとか。そんなもんなんですよね。だから店頭で顔と名前と略歴がわかるようにできたらお客さんも覚えやすいかなと思って、こういう棚作りを始めたんです。本屋が楽しい場所になれば、人は絶対に来ると思うんで」

「いいですねえ、素晴らしいっす！　最高です」

何故額賀がこんなに上機嫌なのかというと、自分のパネルもしっかり展示されていたからだ。すべての作家がパネルを作ってもらえるわけではない。隣は羽田圭介さん、上には中村文則さん。他にも名だたる作家陣のパネルが並ぶ中、私の名前はむしろ実績がなさ過ぎて浮いているようにも見えた。

「ちなみに、パネルを作る作らない基準とは……」

「僕の趣味です」

私がその日初めて会った松本さんを大好きになったのは言うまでもない。ちなみにワタナベ氏は自分が担当した本が大展開されていてホクホク顔だった。

書店へ外から人を引っ張ってくる方法

「でも、あのパネルも、見方を変えたら厄介な存在なんですよ」

ＯＲＩＯＲＩ店近くのコーヒーショップの隅っこで小さなテーブルを囲み、取材を始める。松本さんはまず、力作のパネルについて語ってくれた。

「あれを一枚置くと、単行本四冊分くらいのスペースを取ります。十人分置いたら、四十冊。著者紹介のパネルのためにその四十冊を棚から追い出してしまっていいのか？　という意見はもちろんあるでしょうね」

「私は運良くパネルを置いてもらえているので超ハッピーですけど、店頭に一冊も私の本がなかったら怒り狂ってますね」

「でしょー？」

書店は面積に限りがある。棚に置ける本の数にも限りがある。

「本屋の棚は常に戦場だからね」

けらけら笑いながら松本さんはそう言ったけれど、本当にそうだ。素知らぬ顔で楽しげに棚に並ぶ本達は、血みどろの戦いを勝ち残った一冊だ。気を抜いたら「映画化決定！」とか「天才中学生デビュー！」とか「あのお笑い芸人が小説に初挑戦！」なんて謳い文句を引っ提げた新作にあっという間に取って代わられる。あーあ、ホントどれもこれも邪魔だ。「お前の本とは勝負にならないから」と言われようとなんだろうと、とにかく邪魔なのだ。そう思うのと同じくらい、「こいつ等が本屋に客を呼んでくれれば私の本が目に留まることもあるだろうから精々頑張ってくれ」とも思う。

……という額賀が普段表に出せない愚痴を松本さんが大笑いしながら聞いてくれたので、

←ORIORI店の様子。作家の顔写真とプロフィールを書いたパネルが本と一緒に飾られています。

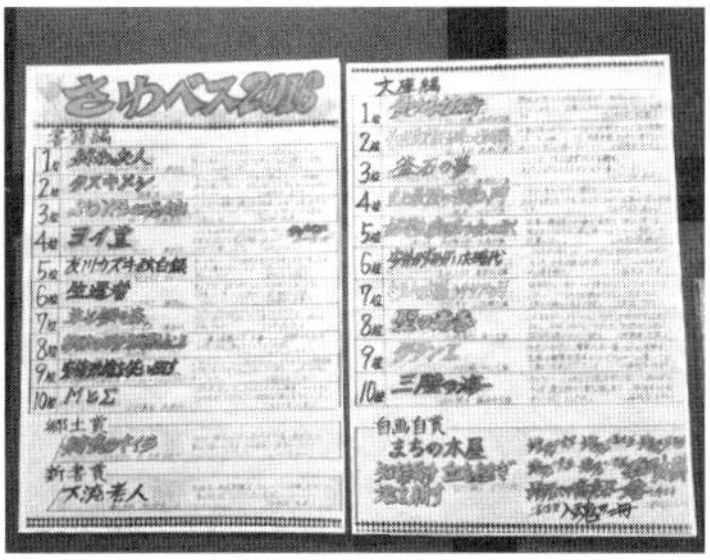

↑毎年開催される「さわベス」の結果も手書きで掲示。よく見ると『タスキメシ』が！

こちらはフェザン店の様子。大小さまざまな手書きのPOPが並ぶ光景は圧巻です。店内をうろつくだけでも楽しい。

本題に入ることにする。

「ぶっちゃけ、今の日本に苦しくない書店なんてないと思うんですよ」

額賀が愚痴っている間、黙ってブラックコーヒーを飲んでいたワタナベ氏が、そう切り出した。本を作る者と売る者。見つめている現状も抱えている悩みも一緒だ。

「儲かってるし未来に不安もありませんっていう書店があるなら行ってみたいですよ。地球の裏側だって行きますよ」

日本に一軒くらい、そんな超ポジティブな本屋さんがあってほしいものだ。

「僕も長く本屋やってますけど、書店って昔は情報収集の場だったんですよね。本が情報を得るための重要な手段だった。もうこんな話、聞き飽きたでしょうけど、ネットとかスマホとかがこれだけあふれてれば、書店はもう情報収集の場じゃないんですよ。だから《情報収集のその先》が、さわや書店のコンセプトなんです。今取り組んでいるのは、《書店を介した面白い体験》を地域の人と一緒に作ることです」

松本さんが例として挙げたのは、『うまい雑草、ヤバイ野草』を書いた森昭彦さんを招いて行ったイベントだ。

「河原にみんなで集まって、森先生の指導のもと、食べられる雑草を採集してカレーを作って食う！　っていうイベントで、これが結構盛り上がって。普段書店に来ない人も、『雑草のカレーって何よ』って面白がって参加してくれたの。そうやってお店の外から人を引っ張ってくる努力をしないと、これから書店ってますます苦しくなるだろうね」

　お店の外から人を引っ張ってくる。その言葉に、私は思い当たることがあった。

「私がデビューした数週間後に、又吉直樹さんが芥川賞を取ったんですよ」

「え、本当？　額賀さんのデビューってその頃だっけ？」

「どんぴしゃです。だから正直受賞のニュースを聞いたときは、『もうこんな糞ゆとり作家の本なんて誰も買わんだろ』って思ったんですよ。そりゃあ誰だって『火花』買いますもん、読みますもん」

　でも。

「実際、又吉さんの芥川賞受賞のあとに本屋さんに行くと、まあ人がいっぱいいるんですよ。私、会社の昼休みに毎日本屋に行ってたんで、お客さんが増えてるのがよくわかったんです。普段本屋に来ない人が本屋に来てるんだって。だから、この人達が気まぐれに私の本を手に取って、運良く買ってくれるならそれでいいやと思ったわけです」

　正確には、それで自分を納得させないとやってられなかったのだけれど。

「《外から人を引っ張ってくる》って、書店の外からはもちろんですけど、額賀の本を読んだことのない人とか、額賀を知らない人に上手いことアプローチしていかないといけないなと最近思っていて、今進めている企画は『なるべく巻き込む人を多くする作戦』というのを実行しているんです」

崖っぷちの新人なりに編み出した生き残る術《すべ》……と言ったら格好いいけれど、こんなこと大勢の作家がすでにやってるだろう。

「いろんな版元から執筆の依頼を受けているうちに、自分の中の引き出しで小説を書くのに限界を感じ始めまして、二〇一七年は取材をして小説を書くというのが多かったんです。小説のネタも集まる上に、自然と小説に関係する人や団体が増えていって。額賀のことは知らないけど、取材した人には興味があるっていう人が結構いることに気づいたんです。そうやって人を巻き込んでいけば、いろんな方向から小説に興味を持ってもらえるのかなと考えるようになりました」

「『〇〇さんを取材して書かれた本なら読んでみよう』っていう動きが期待できるってわけだね」

「小説の取材に大きなおまけがついてくることに気づいてからは、大変フットワーク軽く取材に行くようになりました」

二〇一七年の夏から秋にかけて、私は埼玉、神奈川、盛岡、福島、名古屋、京都ととにかく取材をしまくった。総移動距離はとんでもないことになり、新幹線のチケットとビジネスホテルを手配するスキルと引き替えに腰を痛めた。出張ばかり行っているビジネスマンを心から尊敬するようになった。

「理屈はわかるし、意味のあることだと思うけど、度を超すとまずいことになると僕は思うんだよね〜」

そんな怖いことを松本さんは言う。

「『なるべく巻き込む人を多くする作戦』の典型例で、今多くの人がやってるのがさ、『書店員をなるべく多く巻き込む作戦』なんだよね」

「……おっしゃる通りと思います」

恐らく、松本さんの元には毎日のように「巻き込まれてくれませんか」という遠回しな依頼がたくさん届いていることだろう。

「わかりやすいのがプルーフね」

おや、これはもしかして、私は開けてはいけないパンドラの箱を開けちまったのではないか。

松本さんがにこにこと笑いながら口にした「プルーフ」という言葉に、私はちょいと寒気を覚えた。


プルーフ！　プルーフ！　プルーフ！


プルーフという存在を知らない人に向けて、ちょっとご説明します。

プルーフというのは、本が完成する前に作られる見本誌のことです。

発売されたばかりの本の帯やＰＯＰ、ポスターに、よく書店員さんのコメントが入っていますよね。「どうして今日発売の本なのにもう感想が書かれてるんだろう?」と思ったことがある人もいるかもしれません。そういうのは大抵、事前にプルーフを書店向けに配り、書店員さんに読んでもらって感想を募集しているのです。ゲラをそのまま送り届けることもありますが、きちんと製本してある方(ときには作者からのメッセージが入っていたりします)が、その本に対する作者や版元の意気込みが伝わるというものです。

かくいう私も、プルーフは何度も作ってもらいました。それだけ版元が力を入れて売ろうとしてくれているということで、ありがたい限りです。

事実プルーフを読んで「この本をプッシュしよう!」と書店員さんが思い、実際に店頭で大きく展開してもらえた、という事例もたくさんあります。

さて、そんなスーパー販促物・プルーフに対して、さわや書店・松本さんは何を語るのか――?

右を見ても左を見てもプルーフ!

「雫井脩介さんの『犯人に告ぐ』が刊行されるときに、プルーフが多くの書店に届けられた。それを読んだ書店員が『これは面白い!』と自分の店で大展開した。たくさんの書店員が頑張ったおかげで、いろんな書店へと展開の輪が広がっていった。そしてめちゃくちゃ売れた」

その結果――。

「みーんな、プルーフを作るようになった」

かつて珍しくて画期的な販促手段だったプルーフは、《当たり前の存在》になった。まるで聞く人に教訓を訴えかける昔話のようである。

「別にね、みんなが作るようになったとしても、プルーフ自体には大きな効果があると思うよ。でも、それを活用できてるのかどうか、疑問に感じることは多いよね」

「といいますと？」

何だかこれ以上聞いたら、自分の首を絞めることになりそうだなあ。そんな嫌な予感がしたが、好奇心には勝てなかった。取材に行きまくっていたせいか、面白そうなことは後先考えずほいほいと聞いてしまう癖がついてしまった。

「だってさー、プルーフを配ったって、読む側は《いいコメント》しか書かないし、配る側も《いいコメント》しか求めてないでしょ。《何でも褒めるだけ》の風潮が蔓延してるんだよ」

「うわーん、それ言っちゃ駄目なヤツですよー！」

あー、やっぱり。これは不味いことを聞き出してしまったぞ。私の隣でワタナベ氏はコーヒーカップで口元を隠しながら苦笑いしていた。

「もちろんさ、プルーフを読んで『面白かった』と感想を送って、それが帯コメ（本の帯に入るコメント）として使われたりすると、書店員も『責任持って自分の店で展開しよう！』と思うわけだよ。でもそれを毎日のように繰り返してたら作家や編集者や版元とどんどんしがらみができちゃって、面白くない作品を読んだときに『これは面白くなかった』なんて言えなくなっちゃうでしょ」

「そりゃあ、書店員さんも人間でございますから」

「よくよく考えてみてよ。プルーフって、本が完成する前の状態なわけでしょ？　それをみんなで褒め称えたって完成に向けて全くブラッシュアップされないじゃない。ただ褒められて気持ちよくなって、帯に絶賛コメントが入るだけ。ちょっとでも面白くしてやろうって気持ちがなければ、又吉さんの『火花』が書店に連れて来てくれた人達はあっという間に逃げて行っちゃうよ」

『火花』は読んだ。『火花』は面白かった。でも他に面白い本はないや。そう思った人々は、瞬く間に書店の外へと行ってしまう。次に『火花』のような小説が出てくるまで、書店には足を向けないだろう。

「前から気になってたんですけど、書店員さんって送られてきたプルーフを読んで『あ、これつまらん』と思ったり……しますよね？」

好きな作家の小説だって、「これは合わなかったな」と思うときがあるのだから。

「そりゃあ、人間だもの」

「でも感想は送らないといけない。そういう場合、どうするんですか？」

「よく帯コメを書いてる○○○○書店の○○さん（知ってる人だったので伏せます！　知らない人だったとしても伏せます！）がこの前ね、『どんな本にも面白いポイントはある！』って力説してたよ。そこを見つけて感想を書くらしい」

なんてこった。

「三木さんの『世に出た作品はどれも面白い』理論がこんなところで活躍してしまうとは……」

隣に座るワタナベ氏も同じだったみたいで、遠い目をして「なんと……」とこぼした。

「書店と版元が繋がりを作ることはいいことだと思うんですよ。文庫Xだって、書店員同士の繋がりがあったから盛岡から全国へ繋がっていったんだから。でも、馴れ合いとか緊張感のない関係になっちゃ駄目だよね。刊行された本を『面白いですね！　素晴らしいですね！』って褒めるだけ、褒められて気持ちよくなって広告に活用するだけ、なんてね」

私も冒頭で毒を吐いちゃったから、松本さんの毒を余すことなく書くことにする。ワタナベ氏もきっと許してくれるだろう。

書店員＝《読書の最前線にいる者》

「松本さんは、本が売れるためには何が必要だと思いますかっ！」

この際、ずばり聞いてみることにした。

「まず、いい本！　面白い本！　これは絶対だね」

そうだ。こっちだって、面白くない本なのに小細工で読者を騙して売ろうとしているわけじゃない。

でもいい本が、面白い本が、何もせずに売れていくわけでもない。

「残念なことに、『いい本』だから無条件で売れるわけじゃない。書店員は《読書の最前線にいる者》として、努力し続けないといけないんですよ。文庫Xが売れてよかったね、『火花』が売れてよかったね、『君の名は。』の関連書籍が売れてよかったねじゃなくて、プライドを持って次へ次へと情報発信しないとね。それが書店で働く醍醐味なんだから」

「書店って小売業ではあるんですけど、書店員はただの接客業じゃないんですよね」

「そうそう、職人みたいなもんなんだよね。さわや書店は書店員が結構自由に棚を作ったり、売り方を工夫することが許されてるんだけど、どこの書店もそういうわけではないから。ジレンマを抱えてる書店員も多いだろうけど」

意欲がある書店員に限って自由に売り場を作れなかったりする。本を訴求するアイデアは持っていてもそれを実行するための決定権を持っていなかったりする。以前「本を売る努力をしない書店など潰れてしまえ」という類の発言をした人達がいたけれど、このご時世に努力もせず葛藤もせず本屋さんをやっている人間などいないと、松本さんと話しながら改めて思う。

「作り手が面白い本を妥協することなく作ること。それを送り出す書店員は目利きであれ。それが僕が思う本が売れるために必要なこと、かなあ」

「目利き……確かにそうですね」

「店内で雑貨を売ったりカフェを併設してる書店も増えてるじゃない？　本以外のところで利益を出して、本屋として生き残っていくという戦略はアリだと思うし、お洒落な雑貨やカフェのおかげで外から人を呼び込むことができる。でも、それってあくまで経営的なものでしょう？　書店員が第一にすべきは『本を売る』『面白い本を目利きする』ことだし、僕みたいに管理職をやっている人間は、そういう環境をいかに作っていくかだね」

意欲のある人には、社員とかパートとかアルバイトとか関係なく、自由に売り場を作ったり、本を売るためのアイデアを出してほしいと松本さんは言う。確かにフェザン店の手書きPOPの山やORIORI店の人を店の奥までどんどん迷い込ませるような仕掛けは、一人の意欲ある人間だけでできるものではないだろう。

「もちろんね、やってみたけどいい結果が出なかった、なんてことも多いと思う。そこで諦めちゃいけないし、上の人間も『ほら駄目だったじゃないか』って言っちゃいけないんだ。ただひたすら、チャレンジの繰り返しだよ」

「松本さんがチャレンジしたけど上手く行かなかったことってあるんですか？」

私の質問に、松本さんは顎に手をやった。「そうだなあ」と遠い目をして、突然苦笑いをこぼす。

「昔、『この本はどう読んでも面白くないっ！』っていう本があって、思わずその本の《面白くない理由》をＰＯＰにしたんだけど……まあ、多方面から怒られたよね」

「絶賛コメントが並ぶ中、あえてマイナスの要素で売り出すのはアリだと思うんですけどね……」

「えっ、額賀さんそういうのＯＫな人？」

「これでも前職は広告関係ですから！　広告なんて炎上上等！　悪目立ちしてなんぼです」

広告を作る人間なんてみんなそれくらいの気概でいるけれど、クライアントがそんなこと許してはくれないので、結果的に毒にも薬にもならないものが皆さんの目に触れることになるのだけれど。

「むしろ、私が次に出す小説でやりませんかっ？　《ここが面白くないぞＰＯＰ》！」

「本当？　本当にやっていいの？　編集さんとか営業さんからストップかからない？」

「平成生まれのゆとり作家なんて正攻法で生き残っていけるわけないんですから、自虐だろうと何だろうとばっちこいですよ」

頭が悪くて積極性がなくて協調性がなくて目上の人を敬う気持ちがなくてやる気も根気

も向上心も野心もない。車は買わない、海外旅行も行かない、ブランド物も恋愛も結婚も子育ても興味ありません。不景気も選挙の投票率が低いのも少子化もすべて我々のせいでございます。それでいいでございます。そんなゆとり世代が今更「褒めてくれないと嫌です」なんて言うわけなかろう。

「面白くないものを面白いと言ってお客さんを騙すくらいなら、『面白くない！』と素直に言ってＰＲしましょうよ。酷評されてる映画でも、あまりの酷評振りに思わず観に行っちゃうことってあるじゃないですか」

「わかるわかるー！」

タンスの角に足の指をぶつけてほしい人

せっかくなので、松本さんにはこの『拝啓、本が売れません』を売るためにはどうすればいいかという相談もした。序章〜第二章までの原稿も、実は読んでもらっている。

「もっと毒吐こうよ、額賀さん！　ゆとり作家のパワー全開で書いて！　『あんな爽やかな青春小説書いてる人がこんな毒吐いてる！』って読者をびっくりさせましょう。『作者のイメージを損なう内容になっていますので読まないでください』ってＰＯＰ書きますから」

担当編集・ワタナベ氏は止めるんじゃないかと思ったが、「マイルドにしたって面白くなくなるだけですからね」とにこにこしているので、多分ＯＫということなのだと思う。

「毒なら持ってますよ！　人より多めに抱え込んでますよ！　朝井リョウさんと住野よるさんの本を書店で見かけるたびに『タンスの角に足の指ぶつけちまえ』と思ってます！」

「え、同世代だから？」

「だって私、朝井さんがデビューしたときの小説すばる新人賞に応募して一次落ちしてるんですから。私が大学一年で、彼が大学二年のときですよ。その後、私が目標だった在学中のデビューもできず、就職活動も上手く行かず、何者にもなれないまま大学を卒業しようとしているときに就活を題材にした『何者』で直木賞を取ったのが朝井リョウさんですから！」

ワタナベ氏にもこの話はしたことがなかったはずだ。松本さんと二人揃って「因縁だ～確執だ～」と楽しげに笑っている。こっちは笑い事じゃないというのに。

これは私が何年も抱えている、非常に一方的な確執だ。

「ちなみに住野よるさんはデビューが一週間違いです。あちらさんが一週先にデビュー作『君の膵臓をたべたい』を刊行して、翌週が『屋上のウインドノーツ』と『ヒトリコ』の発売でした。書店で平積みされるときも、広告の場所も、書評も、よく隣に並んでたんです」

気がつけば『君の膵臓をたべたい』、略して『キミスイ』はあれよあれよという間にベストセラーとなった。一週違いのデビューなのにえらい違いである。

「『キミスイの作者はあんなに売れてるのに、ダブル受賞の人はてんで駄目だね』とか言われましたからね」

「え、誰それ。誰がそんなこと言ったの」

大笑いしながら聞いてくる松本さんとワタナベ氏に、「直木賞取ったら記者会見で暴露しますわ」と約束した。

「実はお二人とも直接会ったことないんですけど、そういうことから意識するわけですよ。いや、《意識する》っていうのは格好つけ過ぎですね。敵視するし嫉妬もするし羨ましいと思います。この複雑な気持ちを言い表すなら、やはり『タンスの角に足の指ぶつけちまえ』ですね。もしくは『牛乳飲んでお腹痛くすればいいのに』です」

朝井さん、お腹弱いらしいから。

「朝井さんと住野さんは私の目の上のたんこぶです。歳も近いから、これから延々と戦場を共にせねばなりませんし」

《朝》と《よる》がいるから、そのうち《昼》が出てくると思う。

同世代の作家ほど怖いものはない。もちろん、年下も怖いけど。でもその恐怖と同じくらい、若い作家がご飯を食べていける世界じゃないと出版業界は近い将来絶対にぶっ潰れるという予感もして、複雑な心境だったりもする。ある意味団体戦なんだよなあと思いつつ、でも、勝手にバチバチと火花をまき散らしている。

「僕は額賀さんには《一文の力》があると思うから、それを武器に朝井さんと住野さんにガンガン喧嘩を売っていってほしいなあ」

先日、通行人を傘でつんつんしてくる酔っ払いと喧嘩する羽目になった話を松本さんはした。要するに「喧嘩するときはちゃんと勝ち目のある武器を持ってないと駄目」ということだった。

「額賀さんの小説にはねえ、読んでいる人の胸に穴を穿《うが》つような一文がどん！　と出てくるんだよね。それを武器に戦ってほしいな」

「わかりました、ぶんぶん振り回します」

「『さよならクリームソーダ』とかさあ、凄くよかったもん」

松本さんの口から『さよならクリームソーダ』の名前が出て、思わず手に持っていたマグカップをどんとテーブルに置いた。

『さよならクリームソーダ』とかさあ、凄くよかったもん。

『さよならクリームソーダ』とかさあ、凄くよかったもん。

『さよならクリームソーダ』とかさあ、凄くよかったもん。

「マジっすかっ？　『さよならクリームソーダ』よかったですか？　大好きな小説なんです！　売れなかったけど！」

「よかったよ、凄くよかった」

デビューして、『タスキメシ』を出して、四冊目の単行本として刊行したのが『さよならクリームソーダ』だった。渾身の一本だった。私にできることとやりたいことをすべて詰め込んで、磨いて磨いて磨いて、大事に作った物語だった。

ところが、売り上げは振るわなかった。

面白いものを作っても売れない。いや、そもそも自分が思う「面白い」の感覚がおかしいんじゃないか。小説の書き方を根本から改めるべきなのか？　面白い小説を書く以外のことをしないといけないんじゃないか？　『タスキメシ』は重版もかかりそれなりに売れたけれど、文藝春秋的には額賀って「二作目で転けた作家」だよね？

この本ではずっと「本を売る方法」を探ってきたが、企画のスタートは『さよならクリームソーダ』だったのだ。

「だって、あの小説は絶対面白いんですよ。ぜーったい、いい小説なんです。だから売れないのはおかしいと思うんです。文庫化のときに見とれよ、って思ってます」

誰に対して「見とれよ」なのか、自分でもよくわからない。

強いていうなら、「売れなかった」という事実に対して。

面白い本を、作るのだ

四時間近くに及んだインタビューののち、松本さんオススメの本をＯＲＩＯＲＩ店で購入し、最終の新幹線で私達は盛岡をあとにした。

「結局のところ、面白い本を作れってことっすね」

「作り手としてはそこから逃げちゃいけないということでしょう」

疎《まば》らにしか乗客のいない新幹線の中での会話は、もっぱら取材の内容についてだ。

「『さよならクリームソーダ』って、そろそろ文庫になるんじゃないですか？」

「二〇一八年の五月でちょうど刊行から二年になるので、タイミング的にはその頃文庫化ですかね。『単行本がぜーんぜん売れなかったから文庫化なんてしねえよ』ってなる可能性もあるでしょうが」

「いやいや、さすがにないでしょう」

「わかんないですよ！　ゆとり世代の人生なんて思った通りに行くわけないんですから」

さすがのワタナベ氏も、そろそろこの言い草に面倒臭さを隠さないようになってきた。

「文庫化に合わせて加筆修正はするんですか？」

「そこを悩んでるんですよー。三木さんの話を聞いたときは、もっと登場人物のキャラを立たせてみようかなとか、もう少し登場人物の心情をまるっとわかりやすく書いてしまおうかなと考えましたし。自分を信じて手を加えず行くべきか、足搔《あが》くべきか。松本さんの言う《面白い本》になるように考えねばですね」

敏腕編集者と、スーパー書店員。東京と盛岡。遠く離れた場所で仕事をする二人の話には、共通点があった。

三木さんは本が売れるために必要なのは「作者がドヤ顔してるかどうか」だと語った。

松本さんは「面白いこと」と言った。

作家に求められることは、自分が面白いと思うものを全力で作ることなのだろう。

それに付け足すならば、編集者や書店員、それ以外にも大勢いる本作りに関わるありとあらゆる人の底力とか誇りとか想いとか、そういったものを信じること、かもしれない。


その日、帰宅したのは深夜零時過ぎだった。部屋の中は真っ暗で、黒子ちゃんはすでに床に敷かれた布団に入って寝息を立てていた。

黒子ちゃんの顔に布団を掛けて、電気を点けた。本棚から『さよならクリームソーダ』を取り出して、じっくり読んだ。今日読まないといけない気がした。明け方までかけて読み切って、ちょっと寝て、中野のTSUTAYAに松本さんに熱烈にオススメされた映画『インターステラー』を借りに行った。改めて思ったが、書店員さんは面白いと思ったものを人に薦めるのがべらぼうに上手い。寝ぼけ眼にTSUTAYAに自転車を走らせるパワーを持っている。こうやって面白い作品に出合えるのが書店の醍醐味だし、書店員さんの「面白いからこれ読んでみ！」というメッセージが込められているのが書店の棚だし、書店員さんという存在の凄さなのだと思う。

松本さんには私が一番好きな映画『極道大戦争』を薦めたので、次に会うときは感想を言い合えるはずだ。

第四章

Webコンサルタントと、ファンの育て方

死にたくなければ「大丈夫」を信じるな

突然ですが、私は二〇一七年十一月に『ウズタマ』という本を出した。

内容はひとまず置いておいて、この本の刊行に伴い、私の作家人生の節目となる大きな出来事があった。

初版部数が減ったのである！

初版部数というのは、文字通りその本が初めて世に出るときに、どれくらいの冊数を刷るかという数字だ。版元の担当者が「この本はどれくらい売れるだろうか」「この作家が前に出した本はこれくらい売れたから、この本もこれくらい売れるだろう」とあれこれ頭を悩ませ、この数字は決まる。

ちなみに初版部数は、本の発売ぎりぎりまでわからないことが多い。ときとして、発売日を過ぎても一体何部刷ったのかわからないことだってある。この本が刊行されたら、どれくらいの収入があるのか。わからないまま執筆し、ときに自腹で取材に行ったりする。こうして客観的に考えてみると、とんでもなくクレイジーな職業である。

デビュー作『屋上のウインドノーツ』『ヒトリコ』から六作目の『潮風エスケープ』まで、私が出した単行本の初版部数は、どれも一万部以上だった。七冊目『ウズタマ』の初版部数は、ついに一万部を切って八千部になった。

これまでずっと初版一万部以上だった作家が、初版八千部になった。それを「今までが恵まれ過ぎてたんだから、これが普通ですよ」と言う人は多いだろう。実際、何人もの人にそう言われた。確かに確かに確かに、デビューして二年半、初版が一万部を切らなかったことの方が奇跡なのだ。凄いのだ。

そしてこれが八千部から七千部になっても、六千部になっても、同じことを言われるだろう。

「今までが上手くいき過ぎたんだ」

「まだまだ大丈夫だよ」

確かに、初版八千部を少ないと怒り狂うほど、自分を実績のある作家だとは思っていない。思っていないが、ずるずると減り続ける初版部数を前に、「大丈夫」と言っていたらこのまま下がり続けるだけである。

そしてあるとき、みんなこう掌を返すのだ。

「額賀さん、いよいよやばいですね」

「なんでこうなる前に何とかしなかったんですか」

ついこの間まで大丈夫、大丈夫と連発していた人達は、突然「あいつはもう駄目だ」と言う。《大丈夫》と《やばい》は紙一重。

ゆとり世代は、それをよく理解している。世界は常に掌を返す時機を虎視眈々と狙っている。気を抜いた瞬間に地獄に叩き落とされて、一度失敗した者は二度と這い上がれない。世の中のあらゆるものは、いいものは悪く、悪いものはさらに悪くなるようにできている。どこかで食い止めないと、額賀澪という作家はいつか必ず死ぬのだ。

デビューしてからずっと、ずっと忘れずに心に留めている言葉がある。

「大丈夫」という言葉は、絶対に信じない――である。

Webに助けを求めることにした！

二〇一七年十二月。私とワタナベ氏は渋谷にいた。

クリスマスの装飾でキラッキラのびっかびかに輝く渋谷ヒカリエの一階で待ち合わせし、いたるところにいるサンタクロースに対して「こちとらクリスマスが〆切だバカヤロー！」と毒づきながら、とあるビルに向かっていった。

渋谷の一等地にあるビルの上層階。そこに株式会社ライトアップという会社がある。出版社ではない。編集プロダクションでもない。もちろん書店でもない。

ここはいわゆる、IT企業というやつである。

あのサイバーエージェント社のコンテンツ部門にいたメンバーが中心になり設立された会社で、当初はメールマガジンの編集代行を行っていた老舗のメルマガ編集会社だ。

だが、私とワタナベ氏は、メルマガの編集を依頼しにここに来たわけではない。

「本を売るにはどうすればいいか」を探る旅も中盤戦。これまで編集者、書店員と、出版業界の中にいる人々に話を聞いてきたが、ここいらで一つ、外の世界へ飛び出してみようということになった。

受付をして待つこと数分、会議室に現れたのは、ライトアップでＷｅｂコンサルタントとして働いている大廣直也《おおひろなおや》さんである。

「僕、出版業界のことはてんでわかりませんけど、いいんですか？」

挨拶も早々にそう言った大廣さんに、とりあえず私とワタナベ氏は出版業界が置かれた現状を手短に、そして熱く聞かせた。概ねこの本の中でこれまで書いてきたことである。大廣さんがこの先、出版業界に転職して来ることはないだろう。

「……というわけで、こんな泥舟の出版業界ですけど、私はまだデビュー当時から恵まれてる方なんですよ。恵まれてる方なはずなのに今やもう死にかけですよ」

「そうなんですよ。額賀さんはこの間のドラフトで言ったら清宮ですよ、文壇の清宮！」

「そうそう、私、清宮！」

「清宮がプロ入りしたら二年で戦力外通告目前なんですよ、これはやばいです。額賀さんじゃなくても誰だって何とかしようと思いますよ」

「戦力外通告はされてないもん！」

「……じゃあ二軍落ちで！」

「戦力外通告の方が面白いから戦力外通告でいいです……」

　というわけで、戦力外通告・額賀は今日、Ｗｅｂを使ったマーケティングやプロモーションについて勉強するために、大廣さんの元へやって来た。大廣さんも事の深刻さを理解してくれたらしく、すぐにこんな話を始めた。

「マーケティングの話をする上で、プロダクトライフサイクルというのがあるんです」

　早速大廣さんの口から飛び出したカタカナ用語に、私とワタナベ氏は「ほう……ほう？」と眉間に皺を寄せた。

「要するに、その商品が売り出されて、人気が出ていき、そのあと徐々に衰退していき、最終的に市場から姿を消すまでのプロセスのことです」

　会議室のホワイトボードに、大廣さんはグラフを書いた。一つの商品の寿命を「導入期」「成長期」「成熟期」「衰退期」の四つで区切り、今その商品がどの段階にあるのかでプロモーションの仕方も変わっていくということだ。

「とりあえず、作家としての額賀さんはこのプロダクトライフサイクルにおける『導入期』と考えていいでしょうか？」

「いいです！　それ以外の何者でもありません！」

「例えば商品が売り出されたばかりの『導入期』なら、その商品のニーズを探ることが重要になるんです。そのためにテストマーケティングというのをやるんですよ。バナー広告とか、リスティング広告とかですね」

バナー広告とは、我々がＷｅｂサイトを開いたときに表示される帯状の広告である。クリックすると広告主のホームページやショッピングサイトに飛ぶ、アレ。

リスティング広告とは、我々が検索エンジンでキーワードを検索した際、検索結果と共に表示される広告のことだ。「水道　壊れた　どうしよう」と検索すると水道修理会社のホームページが出てきたりするやつである。

「あの手の広告って、純粋に宣伝のために表示されてるだけじゃなくて、マーケティングのテストでもあるんですか？」

私の質問に、大廣さんは「そうですそうです」と頷いた。

「普段、皆さんがパソコンやスマホで何気なくネットを使っていても、我々の元にはその人がどこに住んでいるか、何歳くらいか、どういう趣味趣向を持っているかなどが、データとして蓄積されていますから。どの地域のどんな人がテストマーケティングとして表示させた広告に反応したのか、私達は調べることができます。もし特定の地域や年齢層にその広告がヒットしたとわかれば、そのターゲットに重点的に広告を表示させるんです。広告が響くかどうかわからない不特定多数の人に届けようと努力するよりよほど効果的だし、お財布にも優しいでしょう？」

ライトノベルというカテゴライズは、届けるべき人に届けるための電車の行き先表示みたいなものだと語った三木さんを思い出す。

出版業界から飛び出しても、《ターゲットを明確にする》というキーワードが出てきた。

「ちなみに、『この商品は○○という地域に住む○歳くらいの人に届けたいものだ』とターゲットが見えていれば、その条件に該当する人に広告を表示させることもできます」

「Ｗｅｂって凄いっすね……」

小学校低学年の頃からパソコンを使った授業があった平成生まれといっても、まだまだ知らないことばかりだ。

「Ｗｅｂのよさは、新聞広告とかと違って、まずは実験的に小さな規模で始めてみて、一番効果があるものに対して予算をつぎ込んで拡大させることができる点ですね。効果がなかったらやめる、というトライ＆エラーが可能なので」

「新聞広告とか雑誌広告は、一度出してしまったらたとえ効果がなかったとしてもどうしようもないですからね」

ぶっちゃけ、お金も結構かかるし。苦笑いを浮かべながら、ワタナベ氏も頷く。

確かに、新聞広告も雑誌広告も狙いが当たれば上手く行く。新聞を読む層、その雑誌を読む層と広告が掲載された商品がマッチしていれば、効果は出る。もちろん出る。

しかし、トライ＆エラーができるという点はＷｅｂの大きな強みだ。

《左官》とGoogle検索したら何が出てくる？

「出版業界に疎《うと》い人間の意見で恐縮なんですが、お二人が探している『本を売る方法』というのは、商品としての額賀さんの本をどうＰＲするかより、作家である額賀さんをどうやって多くの人に認知させるか、という方が近いと思うんです」

「知りたいっす！　その方法めっちゃ知りたい！」

当然だけれど、作家が本を出せば、出版社が宣伝をしてくれる。でも、それはあくまで新刊に限った話だ。出版社からは、小説だけでも毎月何十冊もの作品が刊行される。余程売れた、賞を取った、テレビで取り上げられた、なんてことがなければ、基本的に優先されるのは「先月出た本より今月出た本」だ。一年前に出た本を宣伝する予算などない。

作家の視点で考えてみれば、今月出た本も一年前に出た本も、同じように売れてほしい。でも手段がない。ＳＮＳを活用しようと思っても、作家個人で届けられる人の数には限りがある。

しかし、「既刊をＰＲしたいなら作家個人で勝手にやって」というのなら、やるしかない。大廣さんを頼ったのは、個人が大衆へ情報を発信するためにはＷｅｂに頼るほかないと考えたからである。

「例えばですけど、こんな面白いサイトがあるんですよ」

手元にあったノートパソコンで、大廣さんはとある会社のホームページを見せてくれた。

その名も原田左官工業所。左官屋さんである。

「……さ、左官でございますか」

建物の壁や床をコテで塗る、あの左官。原田左官工業所はその左官を専門に請け負う会社だ。

「この会社のホームページ、めちゃくちゃアクセス数があるんです」

表示されたホームページだが、特に凄い仕掛けがあるわけでもない、小綺麗で見やすいデザインだった。見やすいけれど、多くの人が覗きに来る要素は一見すると見当たらない。

「……社長が元芸能人的な？」

「違います」

答えはこれです、と大廣さんは画面の中の一点を指さした。

ブログである。

「この会社がブログを頻繁に更新してるんです。内容は主に左官の技法ですね。いろんな塗り方が画像付きで紹介されてるんです。《左官》というキーワードはもちろん、技法の名前で検索しても、このブログがヒットするんです。必然的にホームページの観覧数も上がる、というわけです」

「左官屋さんは日本中にいっぱいあるのに、ブログ一つでそんなに変わるものなんですか？」

「変わりますよー。皆さんがキーワードを検索したとき、いろんなサイトが表示されるでしょ？　あれは別にランダムに表示されている訳じゃなくて、検索エンジン――例えばＧｏｏｇｌｅだったらクローラーというソフトウェアを使って、世界中のＷｅｂページの情報を集めています。集められた情報は、Ｇｏｏｇｌｅにどんどん記録されていくんです。皆さんが検索をしたときに表示されるサイトは、その記録を元に最適なものが表示されます。しかも検索エンジンは、各サイトにそれぞれ評価をつけているんです。評価が高ければ、検索結果に表示される順番も、自然と上の方になります」

わかります？　と大廣さんに聞かれ、私とワタナベ氏は「まだ大丈夫、多分大丈夫」と答えた。

ちなみにここで私は、自分のタブレットで《左官》と検索してみた。驚いたことに、話に出た原田左官工業所は検索結果の二番目に出てきたのだ。日本中に左官屋さんはあるのに、二番目である。これは凄い。

「つまり、原田左官工業所さんは検索エンジンから高い評価を受けてるってことですか？」

「そういうことですね。検索エンジンから高評価を受けるにはいろいろと条件があって、その中でも重要なのがページの作り方なんです。原田左官工業所さんはブログの中で左官の技法について書いています。だから、技法の名前をキーワードに検索したときに、引っかかりやすくなっている。しかもオリジナルの文章な上に、専門性がとても高い。こういうコンテンツを、検索エンジンは高く評価するんです。似たようなことをやっているサイトがあまりないからですね」

「オリジナルかどうかなんて、検索エンジンは判断できるんですか？」

ワタナベ氏が聞く。

「楽勝でできますよ！　他のサイトからコピペした文章とか、コピペしてちょっといじっただけの文章は、すぐに見抜いて『内容のないページ』と判断しますから。こういった検索結果にＷｅｂサイトが多く引っかかるようにいろいろ対策することを、ＳＥＯ（検索エンジン最適化）っていうんで、覚えておくと超便利ですよ」

検索エンジン、恐るべしだ。

武器は私の手の中にあった

「というわけで、僕は額賀さんに『額賀澪公式サイト』を作ることをオススメします」

一通り説明を終えた大廣さんは、私に対してそう言った。

「私、ツイッターとTumblrで公式サイトを公開してるんですけど、それじゃあ駄目だということですか？」

「ＳＮＳではなく、きちんとＷｅｂサイトとして作った方がいいです。ＳＮＳに投稿した文章って、検索エンジンになかなか引っかからないんですよ。ＳＮＳはかけ算には有効なんです。例えばすでに有名な人が、商品をPRするときとかですね。でも、あくまでSNSはコミュニケーションツールですから。見せたい情報も時間の経過と共に流れていってしまう。情報をしっかり貯めていけるWebサイトは持っておいた方がいいです」

な、なるほど。

「……ワタナベ氏、『拝啓、本が売れません』の予算で作ってくれたりしませんか」

「そんなお金ないですよ。自分で頑張ってください」

「やっぱり！」

悲しいかな、本が売れない出版業界よ。

私のツイッターと公式サイトをじっくりと確認したのち、大廣さんはこう話を続けた。

「額賀さんの作った公式サイトは作品や経歴が綺麗にまとまっていて見やすくていいんですけど、SEO的には不十分ですね。額賀さんにしかできないコンテンツをふんだんに盛り込んだ公式サイトを一から作るといいと思います。簡単にWebサイトを作れるサービスが今はいっぱいありますし」

「額賀さんにしかできないコンテンツといっても、額賀は文章しか書けないですが」

「むしろ文章が書けないと困ります。良質なコンテンツとは、要するに面白い文章をオリジナルで作れるかどうかなんですから。検索エンジンに評価してもらえるコンテンツを作り、Webサイトに来る人を増やすというのは、サイトを育てるということです。サイトを育てるとは、ファンを育てるのと同じです」

そこから、三人で額賀の公式サイトで何ができるかを話し合った。

文章を通して「額賀の小説」の世界観を知ってもらうにはどうすればいいか？

小説のために取材ばっかりやってるから取材記でもやる？　講演会で中高生に「小説の書き方」っていう講演をやってるんだから、その内容を公開しちゃえば？　作中に出て来るご飯を再現してみるとか……などなど。

結果、私が自力で公式サイトを作り上げ、作家としての文章力を駆使してコンテンツを増やしていくことが決定した。

大廣さんはこうも言った。

「Ｗｅｂの世界でも、文章を書けるって武器なんですよ」


その後、ワタナベ氏が自社で配信しているニュースサイトの構造や配信方法について大廣さんにあれやこれやと質問を浴びせ、私達は「クリックされやすい記事のタイトルの付け方」を習得した。

大廣さんに別れを告げてビルをあとにし、迷い込んでしまったべらぼうにお洒落な和食屋でべらぼうにお洒落な漬け物を食べた。漬け物のあとに出てきたアジフライは美味しかったが、べらぼうにお洒落な皿にのっていて困惑した。

「本を売る魔法はないんだなって、三木さんと松本さんを取材して思ったんですよね」

体によさそうなものばかりが入った味噌汁を飲みながら、ワタナベ氏は笑った。「そんなに甘くないですよね」と。

三木さんと松本さんの取材で共通していたのは、「まずはいい作品を作る」ということだ。想定読者をしっかり絞り込むとか、ターゲットに届けるための努力をするとか、いろいろと注意すべきポイントはあったが、根幹にあるのは「いい作品であること」だった。

「Ｗｅｂって、何でもできる気がするじゃないですか」

なんかよくわかんないけど、何でもできる、って。アジフライを囓りながら、私は言う。

「Ｗｅｂの世界を生きる人は、私達が知らない超びっくりなモノを売るための魔法を知っているに違いないって、心のどこかで思ってたんだろうなって」

「正直、僕も思ってました」

これは、大廣さんの話が決して期待はずれだったとか、肩すかしを食らったということではない。むしろ、私達は気づかされたのだ。私達を支える、もの凄く大事なことに。

「作家は、戦力外通告されても文章で勝負をするしかないんですね」

流行の最先端を走る商業施設の中で、山手線の緑色の車輌が眼下を走り過ぎていくのを眺めながら、私とワタナベ氏は笑った。がっはっは！　と笑った。

私達の未来を切り開くための武器は、とっくの昔から、私達の手の中にあったのだ。

「額賀澪公式サイト」本当に誕生する

「そういうことかー！」

帰宅後に大廣さんから教わったことを黒子ちゃんに話すと、何故かパソコンの前でそう絶叫された。

私は取材で見聞きしたことを必ず黒子ちゃんに話す。話すことで自分の頭の中が整理されるから、後々原稿を書くときにとても役に立つのだ。黒子ちゃんも聞いているんだか聞いていないんだかわからない絶妙な相槌を返してくれる。

しかし、今日は様子が違った。

「『カクヨム』と『小説家になろう』に掲載してた『アダルトゲームの始め方』ってテキストだけが異常にＰＶ《ページビュー》を稼いでるのは、そういうことなのかもしれません！」

「ああ、なるほど」

私が黒子ちゃんに話して聞かせたのは、一番興味深かったＳＥＯの話題だ。オリジナルの文章で専門性の高いコンテンツを作れば、検索エンジンが高評価をしてくれる、という話を。

「どうして他の小説は読んでもらえないんだろうって思ってたんですよ。『アダルトゲームの始め方』なんてテスト投稿でアップしただけなのにどうしてあれだけ読まれるのか！　そんなに私の小説は面白くないのか！　と」

黒子ちゃんはフリーのシナリオライターをしている。書いているのは主にゲームのシナリオで、ときどきアダルトゲームのシナリオも手がける。その経験を活かして、『カクヨム』と『小説家になろう』という二つの小説投稿サイトに『アダルトゲームの始め方』という記事を投稿した。ゲームをストレスなく楽しむためのパソコンの選び方から、どんな人にはどんなゲームがオススメか、なんてことまで書いてある。

「要するに、黒子ちゃんの小説を読みに来た人が『アダルトゲームの始め方』を読んでるんじゃなくて、アダルトゲームを本気で始めようとしてる人が『アダルトゲーム　始め方』とかをキーワードにWeb検索をして、黒子ちゃんの書いた『カクヨム』と『小説家になろう』のテキストに辿り着いてるってこと?」

「そうとしか考えられないです!」

そして実際に関連するキーワードで検索をしてみたところ、黒子ちゃんの記事は本当に一ページ目に表示された。凄い。Googleからめちゃくちゃ評価されている。

「ラノベの賞には落ちしましたが、Google先生には評価していただけて嬉しいです」

「そりゃあよかったね」

これまでの取材ならここで終わるところだが、この章ではまだ続きがある。

額賀が自力で公式サイトを作り上げ、作家としての文章力を駆使してコンテンツを増や

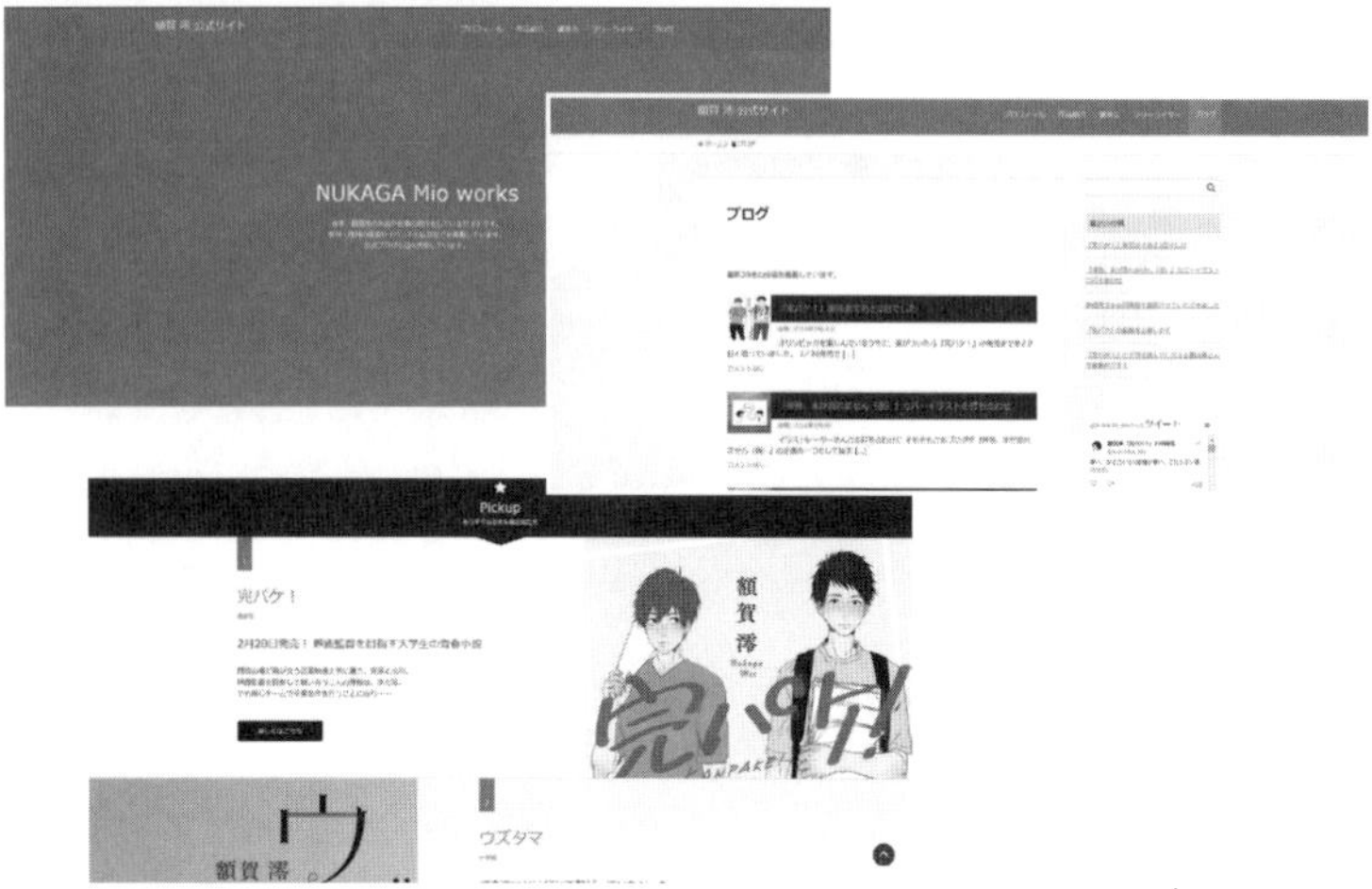

大廣さんの助言をもとに作った公式サイト（nukaga-mio.work）。詳しくは「額賀澪公式サイト」で検索してください！

していく。このミッションを達成するため、私は早速Ｗｅｂサイトを作り始めた。

やるからにはしっかり作りたい。サーバーを借り、Wordpressをインストールし、独自ドメインを取得した。Ｇｏｏｇｌｅでいちいち「Wordpress　使い方」「ウィジェット　って何」「○○　できない」「××　方法」と検索しまくった。Ｇｏｏｇｌｅに高評価をつけられているサイト達のおかげで、何とか「額賀澪公式サイト」は形になった。この糞忙しい十二月にである！

新刊の案内に、プロフィール、作品紹介、講演会のお知らせや、実は兼業でこっそりやっているフリーライターとしての掲載情報など、作家の公式サイトとして必要な情報はすべて掲載した。問題は、ここからコンテンツを増やしていくことである。この本の刊行に向けて、地道にやっていこうと思う。

作家の武器は、結局は己の文章なのだ。

第五章

映像プロデューサーと、野望へのボーダーライン

「三十万部！」

三本指を私の前に掲げ、彼女は私に笑いかけた。

「それが、映像化のボーダーライン」

渋谷を見下ろす高層ビルの一角で、そんな指南を平成生まれのゆとり作家は受けていた。

二〇一七年の十二月二十一日。世間はクリスマスを間近に控えて、浮かれきっていた。

渋谷なんてその頂点にあった。

そのただ中で、私は呻いた。

「さ、三十万部かあ……」

映像化は一つの夢だよね

遡ること半月前、私とワタナベ氏は新宿にある椿屋珈琲店で『拝啓、本が売れません』の打ち合わせをしていた。

三月刊行予定なのに十二月に原稿が書き上がるどころか取材すら終わっていないというのは、なかなかスリリングな状況である。実を言うとまったりコーヒーなんて飲みながら打ち合わせしている場合ではない。

「額賀さん、二〇一八年の目標は何かあるんですか？」

「えー……『〆切を破らない』とかですかね」

「普通過ぎてつまんないですねー（笑）」

「短期目標は現実的な方がいいんですよ。達成感が得やすいから！」

「じゃあ、中長期目標はドラマチックなんですか？」

「そりゃあもう！」

作家デビューした直後に私は三つの目標を掲げた。紙に書いて自宅の壁に貼った。仕事中に必ず視界に入る場所に、この二年半ずっと貼ってある。

「『直木賞』、『本屋大賞』、『映像化』！」

「おおーっ！『〆切を破らない』との高低差が激しいですね」

「……どうせ実現したいと鼻息を荒くしてるうちは絶対に実現できないんでしょうけど」

つくづく、デビュー直後にこの目標を立てておいてよかったと思う。

もし今だったら、もっと現実的な目標を設定していた気がする。良くも悪くも、二年半でいろいろと学んでしまった。どれだけ本が売れないか。どれだけ出版業界が苦しいか。どれほどのペースで書店が潰れているか。どれほどライバルがいるか。

というわけで、「ほしい」と思っているうちは絶対に手に入らなそうなので、気長にいこうと思う。

それを踏まえた上で、ワタナベ氏はこう言った。

「直木賞と本屋大賞は正直僕達の手ではどうしようもできませんが、三つ目の映像化については、何かしらの近道はあるんじゃないですかね」

映像化の話になって、ふと思い出した。

「そういえば私、この前カルチュア・エンタテインメントのプロデューサーさんと会いましたよ」

「はてカルチュア・エンタテインメントとは？」

「CCC（カルチュア・コンビニエンス・クラブ）グループですよ、TSUTAYAとかの。その中で映像とか出版とか音楽とかを企画したり制作したりしてる会社です」

「なんと！　そんな大事なこと何でもっと早く言わないんですかこのゆとり世代！」

――というわけで、第五章のテーマは「映像化」です。

飲み会には参加した方がいい

話は少し前に遡る。

詳しく書くと長くなるので簡潔にいきますが、佐藤青南さんという小説家がいます。『行動心理捜査官・楯岡絵麻』シリーズとか『白バイガール』シリーズなどを書いてる人です。詳しくはネットで検索してください。ブログで四コマ漫画を連載しています。

この青南さんが定期的に横浜で「本にかかわる人の交流会」なる会を開いている。作家、編集者、書店員……etc、本に関わる職業の人が定期的に集まって情報交換をして交流するのが目的の会だ。なんだかんだで額賀もこれに参加しているのだが、二〇一七年十一月某日に開催された交流会で、とある女性と出会った。

その人とは交流会中は席が離れていてほとんど話すことができず、帰りの電車が一緒になったのがきっかけで名刺交換をした。

この人が、カルチュア・エンタテインメント株式会社の映像企画部でプロデューサーをしている浅野由香《あさのゆか》さんだ。近年手がけた映像作品を挙げると、映画『ReLIFE リライフ』、ドラマ『こえ恋』『アラサーちゃん』。

新宿方面へ向かう湘南新宿ラインに揺られながら、私は浅野さんにこんな質問をした。

「映像化する小説って、プロデューサーさん達はどうやって探してるんですか?」

ほろ酔いの浅野さんはこう答えた。

「本屋、本屋。超、本屋」

「……結構アナログな探し方で」

「本屋さんに行って、平積みされてる本を『映像化できる本はないかー!』って血眼になって探してますよ。どんなプロデューサーもそうだと思う。目についた奴を買って、読んで、『これだ!』って思ったら即出版社に電話ですね」

「真っ先に映像権を押さえに行くんですね」

「こういうのって急がないといけないんですよー。電話したら『もう他社に押さえられてます』って言われてがっくり……なんてこともしょっちゅうだから。でも、映像化の企画って、立てても実現するものはほんの一握りだから、辛抱強く待ったりもするけど」

「他社の企画がポシャったときに、サッと映像権を押さえるってわけですか」

「そーそー！」

こんな会話をしながら新宿駅まで一緒に帰った私達だったが、後日この出会いが『拝啓、本が売れません』の取材に結びつくことになった。

飲み会には参加しておくべきである。

出版社を買収するのが出版社ではない

カルチュア・コンビニエンス・クラブ株式会社――通称・ＣＣＣの本社は渋谷にある。

二〇一七年の年末の賑やかな渋谷に降り立った私とワタナベ氏は、快晴の冬空にそびえる高層ビルをエレベーターでひたすら上へ上へと昇っていった。

「こんな日にＣＣＣに取材とは、何か運命めいたものを感じますね」

エレベーターの中でワタナベ氏がぽつりとそんなことを呟いた。

この取材の前週に、ＣＣＣは主婦の友社を子会社化したのだ。「Ｒａｙ」といったファッション誌やティーンズ向けの情報誌を発行する出版社だ。近年はヒーロー文庫というレーベルを設立して、「小説家になろう」に掲載されたライトノベルを出版していた。

その主婦の友社が、ＣＣＣに買収されて子会社になったのだ。

ワタナベ氏はこう続けた。

「この出版不況で出版社が倒産したり買収されたりなんてことは珍しいことじゃないし、きっとこれからもたくさんあることなんでしょうけど……出版社を買収するのが出版社ではないっていうのが、業界のやばさを感じますよね」

「出版社が出版社を買収する余裕はなく、他業界の元気な会社が買収するわけですからね」

辛気くさい話をしながらエレベーターを降りると、目の前に鮮やかな水色の壁がそびえていた。「ＣＣＣ」の文字がそこに鎮座している。窓は大きくて空が近くて渋谷の街が見渡せて、壁は真っ白で、天井はお洒落に配管剝き出しで、紙製の不思議なオブジェが置かれていて、本棚には綺麗な本が並んでいる。ワタナベ氏曰く「お洒落で教養が深そうな本！」が。

広々としたワークスペースには仕切りがなく、形も色も違うテーブルと椅子が並んでいた。そして紙がない。ゲラも資料の本も置いてない。行き交う人々はみんな一人一つノートパソコンやタブレットを持っていた。

「オフィスというのは、ゲラが山になって一日一回雪崩が起きるものなんだけどなあ」

ワタナベ氏のぼやきに、「きっと他のフロアに行ったらゲラが山積みですよ（笑）」と適当なことを言った。うん、ここはあれだ……私達が普段いる出版業界とは違う世界だ。

映像プロデューサーのお仕事

ワークスペース内のテーブルに陣取って、浅野さんへのインタビューは始まった。

まずは、プロデューサーと呼ばれる人々がどのように仕事をしているのかを改めて聞いてみることにした。

「小説やコミックを映像化する流れで説明すると、まずは本屋で本を探すかな。もちろん、TSUTAYAのランキングとかも参考にするけど、あくまで参考程度。自分の目で実際に見て、映像化したら面白くなりそうなものを探してる」

書店に行くというアナログな方法で原作を探していることに、「本屋で探すんですね」とワタナベ氏も驚いていた。

「東京駅近くの某書店に行くと、映像業界の人間がカゴに本を詰め込んでレジに並んでますよ。見つけてきた本を読んで、『これぞ!』というものは急いで出版社に電話して映像化の話が他社から来てないか聞くんです。来てないのなら急いで企画書を作って、出版社のライツ部門(小説や漫画といったコンテンツの二次利用を取り扱う部門)に提案します」

「ちなみに、その時点でどれくらい企画を練るものなんですか?」

私の質問に、浅野さんは「そうだなあ……」と顎に手をやった。

「実写化なら、イメージキャストや、監督といったスタッフまで大まかに決めることが多いかなあ。最初の提案の段階で、《出口》までは考えるようにしてるの。連続ドラマなのか、映画なのか。ドラマもどんな時間帯に放送するドラマなのか、映画はどれくらいの規模で放映するものなのか、とか」

「序盤から結構具体的に決めちゃうんですね」

「もちろん、その通りにはならないこともあるんだけどね。ただ、出版社も映像化でコンテンツを大きく広げたいと思っているから、《出口》が大きい方が喜ばれるの。深夜ドラマよりゴールデンタイムのドラマの方が、当然観る人は多いから」

「その方が原作の本も売れるでしょうからね」

ワタナベ氏もうんうんと頷く。

「人気の作品になるとコンペになることもあるけど、コンペの企画を立てるときも基本の考え方は一緒かな。企画が通れば、独占契約を結んで脚本を作っていくの」

「この間、電車の中で浅野さんは『映像化の企画で実現するものはほんの一握り』とおっしゃってましたけど、何が原因で企画が頓挫するんですか?」

「脚本が上手く行かなかった……こちらが思い描いていたような脚本にならなかったとか、できあがった脚本が原作サイドにOKしてもらえなかった、ってことも多いけど、一番はお金が集まらないパターンかな。脚本が上手く作れて、お金が上手く集まって、やっと映画やドラマになるの。それでも転けちゃったりするんだから、怖いよねえ……」

「そのへんは本と一緒ですね」

どれだけの熱量を込めたとしても、多くの人の努力があったとしても、長い時間を費やして作ったものだとしても、現実はそれをいとも容易《たやす》く踏みにじってくれるのだ。「売り上げ」という誰も逆らえない武器を振り回して、こちらの努力を木っ端微塵にする。

「ちなみに、浅野さんが映像化する作品を選ぶとき、何を基準に選んでるんですか？」

返ってくる答えは、なんとなく、私もワタナベ氏もわかっていた。これまでの取材の経験から考えると、なんとなく予想できた。

「とにかく、本として面白くないとね」

「やっぱり！　知ってた！　言われると思いました！」

ストレートエッジの三木さん、さわや書店の松本さん、ライトアップの大廣さん。これまでインタビューしてきたお三方がみんな口を揃えて「本が面白いことが大事」「作家の武器は結局文章」と言っていたことを浅野さんに話すと、彼女は「あはははっ！」と声を上げて笑った。

「すごーい。もう結論出てるじゃん。私が言いたいのも結局それだなあ。面白くない本は絶対に映像化されないし、どんな手を使ったって売れるわけないと思うんだよね。《ものが売れる》っていうのは《いいものを誰かに薦めること》で起こる現象だから」

映像化のボーダーライン

わかっていたけれど……わかっていたけれど打ちのめされている私とワタナベ氏に、浅野さんはこうも続けた。

「でも、『面白い本』にもいろいろあるから、映像化の企画を立てるときはもう少し自分の中で基準を設けてるかな」

「それ聞きたいです！」

「まずは、エンタメ性が高いもの。あとは、マニアックなものより、より多くの人が——みんなが楽しめるものであること、かなあ？」

三木さんがインタビュー当時話していた。漫画の市場は小説より大きく、映像化されるとその作品の認知度は跳ね上がると。

大きな世界に行くためには、それだけ多くの人が楽しめる内容であることが求められる。

「ちなみに、小説の映像化をするときに業界内でよく言われてることがあってね——」

浅野さんは、私の前に手を掲げて、人差し指と中指と薬指を三本、すっと立てた。

「三十万部！」

三本指を私の前に掲げ、彼女は私に笑いかけた。

「それが、映像化のボーダーライン」

さ、三十万部かあ……。

気がついたら、そんな呻き声を上げていた。

「……つまり、三十万部売れていれば企画も通りやすく、お金も集めやすい、と？」

「もちろん、三十万部売れてないと絶対に映像化できないってわけじゃないんだけどね」

でも、浅野さんが言いたいことはよくわかる。「この小説を映画化したい！」と思った人は、その小説を読んでいるから、何が面白くてどこが素晴らしいのかよくわかっている。しかし、その本を読んだこともない人々を相手に企画を通したりお金を集めたりするとなると、「これ面白いんです」だけでは通用しない場面が多々ある。神保町の片隅にある小さい小さい広告制作会社で編集者として働いていた私にさえ、わかる。

多くの人を説得するには絶対《データ》とか《数字》というやつが必要で、その中でも「売り上げ」は強い。めちゃくちゃ強い。

「映画を作る場合は、原作・キャスト・監督の三つが重要なの。原作が有名じゃなかったとしても、キャストと監督をビッグネームにお願いできれば企画は通るかもしれない。逆もしかり、だね」

「でも、小説を書いている側からすれば、まず三十万部売れるくらいの面白い本を作ってボーダーラインにのることを目指さないとですね」

有名監督がメガホンを取ってくれたら、上手いこと企画が通ってくれれば。

そんなタラレバを待ち望んでなんて、いられない。

「本もそうだと思うんですけど、映画業界も《メガヒット》と《全然駄目》の両極端になっていて、実はその間がないんだよね。『メガヒットとまでは行かないけど、結構いい感じの興行収入だったねー』っていう作品の数が、年々減ってる。ついでに製作予算も一昔前と比べたら三割減！」

そんな話をされたら、小説の映像化は三十万部売れていることがボーダーラインというのも頷ける。三十万部売れた本ということは、三十万人くらいは映画館に観に来てくれるだろうという安心材料でもある。

「メガヒットじゃないけど、転けてもいない。スマッシュヒットが出ないんですよねえ……新書なんて特にそうです」

普段は新書ばかり作っているワタナベ氏も、思い当たることがあるみたいだ。

「新書は、ドカンと売れるやつは凄い部数出るんですけど、そうじゃない本が圧倒的に多いですから」

「小説も一つヒット作が出たら周囲は死屍累々ですよ。初版三千部で重版なしとか」

それに比べたら、初版八千部というのはまだ幸せかもしれない……。なんて考えて、私は頭を振った。違う。そういうことを考えちゃ駄目だ。

ささやかな幸せを噛み締めているうちに、奈落の底に叩き落とされるのだから。

みんな、失敗したくない。だから提案されたい

浅野さんは、こんな話もしてくれた。

「小説もそうだし、漫画もそうだし、映画とかドラマもそうだと思うんだけど、受け取る側って『提案されたい』って考えてると思うの。昔と違って今は娯楽に困らないくらいものがあふれてて、何を探せばいいかわからなくなってる。失敗したくないから、確実に自分が楽しめるものを誰かにオススメしてほしい、っていう人が多いと思うんだよね」

そういう人達に向けて《電車の行き先表示》としてのライトノベルというジャンルを育て上げたのが、三木さん。

そういう人達に向けて《読書の最前線にいる者》として熱意を持って本を売ろうとしているのが、松本さん。

大廣さん……大廣さん……は、また別枠ということで……。そういう人達へ向けて本を売るために足掻く私達に、知恵と発見をくれる人なのだよ、大廣さんは。

「映像化も難しくてね。私は結構漫画や小説原作の映像作品に携わってるから尚更思い知ったんだけど、映像化しても原作の紙の本が絶対売れるってわけでもないんだよね。特に最近はそう。ちょっとやそっとじゃ本は売れない。やっぱり本が売れるのは書店だから、まずは店頭でコツコツ丁寧に売る努力をしていくことが大事だと思う」

腕を組んで、わずかに肩を竦めた浅野さんは「難しいけどねえ……」と呟いた。私とワ

タナベ氏も、自然と頷く。店頭でコツコツ売れるように努力する。本を作る人がみんなやろうとしていることで、そのためにさまざまな試みをして、なかなか結果が出なくてやきもきしている。みんなが「こうしないと駄目なんだ」とわかっていることに限って、実行するのも、結果を出すのも難しかったりする。

「結局、自分が面白いと思ったものを、丁寧に伝えていく努力をするしかないんだよね。今まで額賀さんが取材してきた人達と同じまとめ方になっちゃうけどさ」

「いえ、むしろそれでいいんだと思います」

四人も取材をしてきて（しかも職種も業界も異なる人に）、みんなが同じことを言うということは、それはもう真実なのだと思う。「でも〜」とか「だって〜」なんて言ってないで、まずは大人しく潔く面白いものを作れということなのだ。

「うーん、でもせっかくだから、『面白いものを作れ』以外のアドバイスをしたいなあ」

うーん……どうしよ。顎に手をやってしばらく悩んだ浅野さんだったけれど、少しして

「あっ！」と声を上げた。私とワタナベ氏の顔を交互に見て、こう言った。

「表紙だね！」

浅野さんの口から飛び出してきた意外な単語に、私とワタナベ氏は「表紙ですか？」と身を乗り出した。

「このご時世、単行本で三十万部売り上げるなんて至難の業だし、何か作り手が前向きに

取り組めることで、映像化に繋がることがないかなって考えたんだけど」

「それが、表紙なんですか？」

「そうそう。書店で原作になりそうな本を探してるときって、もちろんあらすじとか冒頭の内容を確認してから買ってるけど、手に取るのは表紙に惹かれたときだもん。あまりに表紙が素敵だと、表紙買いしちゃうこともあるし。それって、映像業界の人間だけじゃなくて、一般のお客さんだってそうだと思うしね」

表紙、大事だよ！　表紙！　浅野さんはそう繰り返した。

「実はＣＣＣの出版事業部で、面白いのに売れなかった本の表紙とか帯を別のものに替えてもう一度売るっていう取り組みをやってるんだけど、表紙が新しくなるだけで売れる本はたくさんあるの。いい本書いて、いい表紙をつける！　これが私からのアドバイス！」

意外なアドバイスに私とワタナベ氏は目を丸くしながら、浅野さんへの取材を終えた。

「頑張ってねー！　いつか映像化しよう！」

そんなエールをもらって、私達はＣＣＣ本社をあとにした。

作家は表紙にこだわるべきか

「額賀さんは、装画や装幀にこだわる人ですか？」

寒空の下、渋谷駅に向かって歩きながら、ワタナベ氏は聞いてきた。クリスマスイブまであと三日。平日とはいえ、渋谷の街は浮かれきっていた。店という店がクリスマスカラーで、ツリーやサンタが飾られていて、至るところが電飾でぴかぴかしている。

「装画や装幀は重視してますし、見るのも凄く好きだし、自分の本の装画が上がってきたときはめちゃくちゃテンション上がります。でも、実はほとんど口を出さない人っすね」

「じゃあ、今までの本も基本は編集にお任せ？」

「そうですねー。イラストレーターさんの候補を見せてもらって『この人とこの人がいいかなあ、あとは担当とデザイナーさんに任せますわー』って感じです。ラフにも口出さないし。修正のお願いもほとんどしないですね。本編の内容と相違があるときくらいです」

でも。

「浅野さんの話を聞いて、今後どうするべきかなあと悩んでいたところです」

「とりあえず『拝啓、本が売れません』では積極的に関わってください」

もうすぐクリスマス。年が明ければ、二月には私は新刊を出す。三木さんのもとへ取材に行った際、「キャラクターを立てること」に四苦八苦していた『完パケ！』（講談社）だ。

三月にはこの『拝啓、本が売れません』が刊行される。

六月にはさわや書店の松本さんへの取材で話題に挙がった『さよならクリームソーダ』が文庫化。その前後で恐らく文藝春秋から書き下ろしの長編が出る。

上半期だけで文庫化含めて四冊。下半期は……何冊出せるだろう。その中で果たして映像化に漕ぎ着けるような本は出て来るだろうか。

そして、装画や装幀に、どれくらい関わっていくべきか。

「本の内容を一番わかっているのは作者なわけですから、表紙も作者のイメージに沿った方がいい、とも思います。でも一方で、作者のイメージを上手に具現化しても、それが売れる表紙ではない、ということも有り得ますよね」

「まあね。作品としては素晴らしくても、商品としては……ということもあるし」

「書店の棚が戦場だとしたら、表紙って最初の一撃なんですよね。ベストセラー作家なら名前とか、何かの受賞作なら『○○賞受賞』って入った帯が武器になるんだろうけど、私なんぞに武器らしい武器なんてないんで、表紙が強いに越したことはないです」

買うつもりもなかったし、知りもしなかった作家の本を表紙買いしてしまうことは、確かにある。

「……でも、売れる表紙って何なんでしょうね？」

どこかから聞こえてきたクリスマスソングに紛れるように、ワタナベ氏がぽつりと言った。売れる表紙。さらっと言ってはみたが、どういうものかと問われると、答えに困る。

「絵が綺麗とか？」

とりあえず、思いついたことを言ってみた。

「イラストの好みって人それぞれだし、万人受けする絵がいいってことでしょうか？」

「色使いが派手とか？」

「棚で目立ちはするだろうけどなあ……派手ならいいってものでもないでしょう」

うんうん悩みながら、私達は本屋に吸い込まれていった。なんとなく気になった本を手に取って表紙についてあれこれ話して、でも肝心の「売れる表紙とはどういう表紙か？」の答えには辿り着けなかった。

店内をうろうろしていたら、雑誌コーナーに辿り着いた。

そして、見つけた。

月刊ＭｄＮ二〇一七年十二月号
特集「恋するブックカバーのつくり手、川谷康久《かわたにやすひさ》の特集」

「これこれこれ！　こういうの、こういうの！」

一冊だけ棚に残っていた月刊ＭｄＮを抱えて、私達はレジへと走った。

次の取材先が決まった。

「この忙しい年の瀬に、取材受けてくれるかなあ……」

実力のあるクリエイターこそ、年末は忙しいですよねえ……。そう心配するワタナベ氏を余所《よそ》に、雑誌を捲りながら私は再び渋谷駅へ向かって歩き出した。

第六章

「恋するブックカバーのつくり手」と、楽しい仕事

「初週で重版がかかったんですよ！」

一冊のコミックを私達に見せたその人は、心の底から嬉しいという顔でそう言った。

「久々に一から十まで装幀を手がけた本が、発売してすぐに重版がかかって、もうっ、超嬉しいんです！」

年の瀬も年の瀬。作家も編集者もデザイナーもイラストレーターも校閲者も印刷会社も、本作りに携わる人なら誰だって忙しい十二月の終わりに、私とワタナべ氏は神保町のとあるデザイン事務所にいた。

月刊ＭｄＮ二〇一七年十二月号で、《恋するブックカバーのつくり手》と評されるその人は、自らが携わった本に重版がかかったことを、まるで作者本人のように喜んでいた。

川谷康久さんというデザイナー

ＣＣＣ映像事業部の浅野由香さんに「いい表紙を作るのだ！」と指南された私とワタナベ氏が偶然出会ったデザイナーの川谷康久《かわたにやすひさ》氏。月刊ＭｄＮに大々的に特集されるだけあって、手がけた作品の一覧を見れば「あ、これ持ってる」「これ読んだ！」「これ昨日本屋で見た」というものばかりである。

川谷さんは、少女漫画の装幀や、主に漫画雑誌の表紙デザインを行っているデザイナーだ。集英社の「マーガレットコミックス」や白泉社の「花とゆめコミックス」のフォーマットデザインを手がけ、『君に届け』『青空エール』『俺物語!!』『アオハライド』といった大ヒットコミックの表紙をデザインした。『アオハライド』に至っては、タイトルロゴに川谷さんの手書き文字が使われている。

このように紹介すると完全に「コミック専門のデザイナー」という印象だが、実は川谷さんは文芸作品の装幀も数多く担当している。

その代表格が、「新潮文庫ｎｅｘ」だと思う。

君は新潮文庫nexを知っているか!

というわけで、新潮文庫ｎｅｘの説明が必要になってしまったので手短にいきます。

新潮文庫ｎｅｘは知らなくても、新潮文庫は皆さんご存じのはず。その新潮文庫が二〇一四年に百周年を迎えた際、「文学の新たな入り口」として創刊されたのが新潮文庫ｎｅｘだ。創刊当時、越島はぐさんが描いた『いなくなれ、群青』（著・河野裕さん）の装画を大々的に使ってＰＲが行われたのを覚えている人も多いのではないだろうか。

この新潮文庫ｎｅｘのフォーマットデザインを担当したのが、川谷さんなのだ。

しかも川谷さんは、新潮文庫ｎｅｘから刊行される本の装幀も数多く手がけている。河野裕さんの『いなくなれ、群青』から始まる「階段島シリーズ」もそうだし、知念実希人さんの「天久鷹央の推理カルテ」シリーズもそうだ。

ちなみに、この原稿を書くに当たって、新潮文庫ｎｅｘの創刊を伝える「新潮文庫メール」のアーカイブスを確認してみたら、こんなことが書いてあった。

『書き下ろし、オリジナルの文庫が増え、市場動向が激変する中、文庫読者にとって、今いちばん「面白い」小説とは何か。「キャラクター」が、新潮文庫の答えです。現実ではありえないような個性と、言動と、振る舞いで、読者を「あっ」と驚かせる物語の主人公たち。それが、いま最も強く、読者を物語に惹きこむ「キャラクター」であると、新潮文庫は考えました。』

「面白い小説」＝「キャラクター」と、はっきり書かれていた。現実ではありえないような個性と、言動と、振る舞い……頭の片隅で三木一馬さんが手を振っている。「額賀さーん、キャラが弱いですよ！」と。ついでに松本さんも出てきて「『さよならクリームソーダ』の修正どうすんのー？」と聞いてくる。ついでに大廣さんも出てきて「ブログちゃんと更新してますー？」と聞いてくる。

＊　＊　＊

ここまでデザイナー・川谷康久さんの紹介をして来たが、実力のあるクリエイターというのは常に忙しいものだ。年末なんて特に。飛び込み同然の取材を果たして受けてもらえるのか。「無理だよー、絶対無理だよー」というワタナベ氏が駄目元で取材依頼を出してみたところ、なんとOKが出た。

二〇一八年が刻々と迫る神保町の街を、私とワタナベ氏は走った。

デザイナーだって、重版が嬉しい

「《売れる表紙》って、どんな表紙だと思いますか?」

年の瀬の忙しいときに取材にやってきたゆとり作家にそう聞かれても、川谷さんは嫌な顔一つしなかった。この時季のクリエイターというのは疲弊してボロ雑巾のようになっていることも多いというのに、「売れる表紙ねえ」とニコニコと答えてくれた。

私達が川谷さんを知るきっかけとなった月刊MdNのインタビューで、川谷さんはこのような話をしていた。


優れたブックカバーデザインには、三つの大事なポイントがある。
①作品の本質を表していること
②デザインコンセプトが一貫していること
③売れること

三つ目の「売れること」という言葉に、私は目を惹かれた。優れたブックカバーには、「売れること」が求められる。川谷さんに、ぜひインタビューをしたくなった。《売れる表紙》とは一体何なのか、どんな表紙なのか聞いてみたかった。

「《売れる》っていうのは、『こうすれば絶対に売れる』っていうやり方を僕が持っているわけじゃなくて、装幀をする者の制約として自分に課しているんです。『○○をすれば確実に売れるブックカバーになる』っていう秘訣があるなら、僕も教えてほしいな」

「そもそもの話になっちゃうんですけど、デザイナーさんも担当した本の売り上げを気にするものなんですか?」

でも。

作家が自分の本の売り上げを気にするのは当然だ。売り上げが次の本が出せるかどうかに直結するし、それが一年後に家賃が払えるか、食費が賄えるか、借金をせずに済むか、病気になったとき潔く病院に行けるか、という問題に関わってくる。

「装幀や装画は、売れなかったとしても《いいデザイン》や《いいイラスト》には違いないんですから、ぶっちゃけそこまで気にしなくても、と思ったりするんですけど……」

この第六章に至るまで、さまざまな人に取材をしてきた。みんな口を揃えて「まず作品で勝負しろ」と言った。本が売れる・売れない問題の根本は結局小説家が如何に面白い作品を書くかにかかっているのだから、装幀や装画に関わる人が「自分のせいで売れなかった……」なんて考えているとしたら非常に心苦しい。「あなた達は何も悪くない。すべて私の不徳の致すところです」と謝罪して回りたい。

それに、装幀や装画について好き・嫌い、いい・悪いの判断をするときに、その本の売り上げを気にすることなんてない。大ヒットした本の装幀や装画をイマイチだなと思うこともあれば、売り上げは全然だけれど凄くいい表紙の本を見つけた、なんてことだってある。

「うーん、確かに、ポートフォリオ（クリエイターが自分の実績を伝えるための作品集）として考えるならそれでもいいかもしれないけど、デザイナーは本の顔を作っているわけだから。どれだけ書店の棚で目立つものを作れたか、どれだけ手に取りたいと思えるものを作れたか——要するに《売れたか》ということとしっかり向き合わないといけないなって思うんですよね」

「じゃあ、装幀を担当した本の発売直後は、結構そわそわするもんですか？」

「そりゃあもう！『初週の売り上げどうだったのかなあ？』って不安で不安で」

本の売り上げは、発売したその週にどれだけ売れたかが実はもの凄く重要だったりする。もちろん、発売から随分時間がたってから、何らかの理由で売れる本もある。新聞で書評が取り上げられたとか、テレビで紹介されたとか。

しかし、第四章でライトアップの大廣さんの取材の中で出てきたように、出版社の販促活動で優先されるのは基本的に新刊だ。本は《新刊》として扱ってもらえるうちに結果を出さないといけない。

発売初週の売れ行きを初速というが、初速がよければ書店では平積みしてもらえる。売場を大きくしてもらえる。ＰＯＰを書いてもらえる。出版社も積極的に宣伝をしてくれる。

それは、みんな大好き「重版」に直結する。

発売初週に重版出来なんてことになったら、作者も編集者も大喜びだ。これで、確実に次の本を出させてもらえるから。

「本の売り上げって、大体発売から三日でなんとなーく予想できちゃいますからね」

溜め息混じりに、そんな恐ろしいことをワタナベ氏が言う。

「担当した本が発売になって、三日後くらいに売り上げのデータを確認すると、その本が一ヶ月後にどれくらい売れてるか経験則でなんとなく予想できるんですよ。もちろん、突然テレビに取り上げられたとか、幸運な出来事が発生すれば別ですけど、そういうことがなければ基本的に予想通りの数字が叩き出されておしまいですね」

なんだかんだで、本は初週の売れ行きが重要なのだ。本当に、本当に。

「まあ、そんなわけで、僕はもの凄く自分が装幀を担当した本の売り上げを気にします」

そうそう、聞いてくださいよ！

川谷さんはそう言って、オフィスの本棚に駆け寄っていった。川谷デザインの事務所は、書店のように大量の本棚が列をなしていた。棚を埋めているのは、ほとんど少女漫画。ああ、あれもこれも知っているタイトルばっかりだなあ……あれは高校生の頃読んでたなあ、としみじみしてしまうタイトルばかりだ。

「この本なんですけど」

川谷さんが取って来たのは、一冊のコミックだった。

『さめない街の喫茶店』（はしゃ／イースト・プレス）

漫画なので、もちろんカバーに使われているのは作者のはしゃさんのイラストだ。中身を覗いて驚いた。繊細で可愛らしいタッチなのに、絵の情報量が多くて一コマ一コマに引き込まれる。カバーにも本編にも手触りの感じられる紙が使われていて、しかもインクは黒ではなく少し緑色がかっている。一冊のイラスト集でも見ている気分だった。

「この本、僕が装幀を担当して、先日発売になったばかりなんですけど、初週で重版がかかったんですよ！」

胸の前でガッツポーズをして、心底嬉しいという顔で川谷さんは言った。本当に、本当に嬉しそうだった。

「久々に一から十まで装幀を手がけた本が、発売してすぐに重版がかかって、もうっ、超嬉しいんです！」

デザイナーも、重版が嬉しい。

いいことを知ったと思うのと同時に、本が売れなかったら悲しむ人が、ここにもまた一人いるんだなと、胸の奥がぐりぐりと痛くなる。

予定調和から、外れろ

「それでは、装幀を担当した本が《売れる表紙》になるために、川谷さんはどういうことに気をつけているんですか？」

「さっきも言ったけど、まずは書店の棚で目立つこと。これが大事かな」

目立つこと。その一言に力を込めながら、川谷さんは大きく首を縦に振った。話を聞く私達の中に刻み込むみたいに、何度も何度も。

「次に、見た人の感情を揺さぶったり、何らかの感情を思い起こさせるような、そんな表紙であること。それだけで本が売れる・売れないが決まるわけじゃないけど、そこからあらすじを確認したり、ページを捲ってみたりという行為に繋がるはずだから。そうすれば、その人は作品を見てくれる。それが面白い作品なら、買ってくれる。そのためにやっていることっていうと——やっぱり、見る人の予想を少し裏切ることかな」

爪痕をつけるというか、仕掛けを施すというか……。

言葉を換えながら、川谷さんはそう続けた。

「固定観念が強過ぎると、何でも予定調和なものになっちゃうんだ。少女漫画だからこうだとか、文芸書だからこうじゃないととか、文庫なんだからこうしないと駄目だとか」

「作ってる方が勝手に自分で自分を縛っちゃってたりしますよね……」

「そうそう！　そうなんだよ。そうなっちゃうとつまんないよね！」

装幀をするデザイナーも、本文を書く小説家も、編集者も、経験を積めば積むほど、否《いや》応《おう》なく固定観念に縛られていく。ときどき自分でそれを食い破る努力をしないと、いつまでもそこから抜け出せない。

「もちろん、それぞれのジャンルと相性がいい表現、馴染む表現、相応《ふさわ》しい表現というものもある。でもそれでギチギチに凝り固まっちゃうのはよくないよね。結局それは、デザインの萎縮に繋がるんだ」

私も一応、広告の世界で編集者として働いていた人間だ。出版業界よりずっと固定観念に凝り固まった教育業界で広告を作っていたから、川谷さんの言う「デザインの萎縮」というのは、痛いほどわかる。「どうせ採用されないから」「どうせこういうデザインのものしか顧客は求めないんだから」と、徐々に作るものが似たようなものになっていくのだ。

この固定観念を突き破る前に、私は業界を離れてしまったのだけれど。

「制約が新しい制約を生んで、負のループに入ってしまうと、段々ものを作るのがつまらなくなってくるんだ。漫画とか小説とかデザインとか、みんな楽しい楽しいモノづくりの世界にいるんだから、もっと楽しくいろいろ挑戦しましょうよ！　っていうのが僕が仕事をする上で大事にしていることだな」

そうだ、そうだー！　と同意する私とワタナベ氏に、川谷さんも「楽しく仕事したーい」と続く。

小説を書き続けてきたのは、やっぱり書くのが楽しいから。絵を描いている人も、デザインをする人も、本を編集する人も、スタートにはきっと「楽しい」があったはずだ。

それが仕事になると「仕事なんだから楽しい・楽しくないなんて言ってられないでしょ」なんて誰かから言われたり、自分で言葉にするようになってしまう。その割に他人から「好きなことして金稼げていいよね」なんて羨望なのか侮辱なのかわからない言葉を投げかけられたりする。

なんとなくみんな、仕事に楽しさを持ち込んじゃいけないような、「私が楽しくないんだからあんたも楽しまないでよ」という冷たい感情に支配されている。

でもやっぱり、仕事は楽しい方がいい。楽しくした方が、絶対にいい。

新潮文庫nexのフォーマットデザインはこうして生まれた

「新潮社から新しく作る《新潮文庫ｎｅｘ》のフォーマットデザインを作ってくれって依

頼があったときは、『どうして僕に依頼するんだろうなあ?』って疑問に思いました」

「私も当時はデビュー前でしたけど、新潮社には立派な装幀室があるのに、外部のデザイナーに依頼するなんて意外だな、と正直思ったんです」

新潮社装幀室といったら、これだけで一つのブランドのようなものである。その歴史は五十年以上。新潮社の刊行する本のデザインをほぼすべて担当している。とにかく凄いところなのだ!　一度でいいから行ってみたいんだ!

そんな新潮社装幀室ではなく、どうして川谷さんが新潮文庫ｎｅｘのフォーマットデザインに携わることになったのか?

「新潮文庫ｎｅｘのフォーマットデザインができあがるまでには、新潮社装幀室にもとてもお世話になったんですよ。いろいろ意見を伺いましたね。『僕は何を求められてるんだろう?』って思いながら打ち合わせをやったんですけど、その中で『今までの文庫とは違うものをこの人達は求めてるんだ!』とわかったんです」

それは、新潮文庫ｎｅｘの創刊を伝える「新潮文庫メール」からも伝わってくる。一つの文庫レーベルが立ち上がる過程で、いろんな人が業界や会社の未来を考えて、悩んで決断をした。そのプロセスが、取材を通してどんどん見えてくる。

「だから、『ずっと漫画の世界にいた自分に何ができるか。何をするか』と考えながらデザインに取りかかりました。新しいものを求めてるならとことんやってやろうと思って、いろいろ意見を言わせてもらいました」

「例えば例えば？」

「僕、長らく『文庫本のカバーって何でこんなにイマイチな色なんだろう』って思ってたんです」

なるほど。

「漫画とかラノベに比べると、色が大人しいんですよね、文庫って。色使いどうこうじゃなくって、色そのものが地味というか」

もしかしたら、歴史ある文庫レーベルになればなるほど、読者はそこに「安心感」とか「落ち着いた雰囲気」を求めるようになるのかもしれない。必然的に読者の年齢層も高くなるだろうし。そういったものが、文庫本の表紙の色にまで出ているのだろうか。

「新潮文庫ｎｅｘでは、キャラクターのイラストを表紙に入れることを考えて、ＣＭＹＫ（カラー印刷に使われる基本の四色。シアン、マゼンタ、イエロー、キープレート＝ブラック）に蛍光ピンクを加えた五色印刷にしてほしいとお願いしました」

「ああ、だから新潮文庫ｎｅｘの表紙って、人物の肌色が綺麗なんですね！」

「そうなんです！　蛍光ピンクを入れるだけでイラストが鮮やかになるんですよー。せっかくイラストレーターさんが描いてくれた装画なんだから、綺麗に印刷してあげたいじゃないですか」

イメージがつかないという人は、ぜひ書店で新潮文庫ｎｅｘを探してみてほしい。新潮文庫の隣に並べられているはずだから、比べてみるとその違いがよくわかると思う。

「他にもいろいろありましたけどね。『帯の掛かる部分に文字を置かない』とか『文庫だから文字サイズはこうじゃないと』とか、そういう制約を一つ一つぶち破らせていただきました」

笑いながらそう言う川谷さんに、確かにそうだなあ、と思う。もし帯付きの小説が手元にある人は、ぜひその帯を捲ってみてほしい。本の表紙は、帯が掛かることを前提に作っている。「帯が掛かるからここには文字を置かないで」ということが多いし、イラストも帯の下に重要な要素を描き込まないようにしていたりする。

それは多分、これまで長い時間を掛けて作りあげられてきた《形》なのだ。本を作る上で、本を読む上で、ストレスがないと判断されてきた《形》だ。

そんな《安心できる形》は、新しいものに挑戦しようというときに固定観念に姿を変える。

売れたものに追随することに、世間は飽きている

川谷さんの作るブックカバーは不思議だ。

装幀というのは、まず装画があって、その上に本のタイトルと著者名と出版社の名前を《載せる》作業を想像する。

しかし、川谷さんは、タイトルや著者名といった文字情報を装画の中に埋め込んだかのような、不思議な作り方をする。装画に文字が載っかっているのではなくて、装画の世界に文字情報が紛れ込んでいる。絡み合っている。絵とその世界観を活かすことに川谷さんが重きを置いているのが、見ているだけで伝わってくるのだ。

絵と文字に奥行きが感じられるダイナミックなレイアウトからは、「タイトルが切れていようと読みにくかろうと知ったこっちゃない！」という痛快さまで感じる。確かにこれは文芸の世界にはなかった切り口で、だからこそ文芸の棚に川谷さんの装幀が並ぶと目を惹く。

「あ、でも、僕は自分がデザインした本のタイトルを『読みにくい』とは思ってないんですよ」

「……え、そうなんですか？」

私だけでなく、ワタナベ氏も意外そうに目を丸くした。

いやいや、だってさあ……。

「米代恭さんの『あげくの果てのカノン』（小学館）とか、初見で全然読めなかったですよ！」

川谷さんがデザインしたコミック、『あげくの果てのカノン』のカバーは、なかなか凄いので是非見ていただきたい。「あげくの果ての」が縦書きで、「カノン」が横書きで、しかもクロスしていて、文字サイズも書体も異なっていて、初めて書店で見かけたときは「お？　……おっ？　おおっ！」と声を上げながら手に取ってしまった。

「川谷さん、本気でおっしゃってます？」

「本気も本気！　何なら、自分では凄く読みやすいと思ってるんだけどなあ」

ニコニコとそう語る川谷さんは、嘘や冗談を言っているようには見えなかった。

「『いなくなれ、群青』も、初見じゃあ読めなかったんですけど……」

「実際、よく『もっと読みやすく』って赤字が入るんで、『他人はこれを読みにくいって考えるんだなあ』って勉強になります」

『あげくの果てのカノン』（ビッグコミックス）のカバー。©米代恭／小学館

「マジっすか」

「それに、僕も読みにくくしてやろうと思ってああいうデザインにしているんじゃなくて、表紙に空間的な広がりをつけたいなって思ってやってるんです。平らな紙の上で奥行きが感じられたり、紙には印刷されない部分にまでイラストの世界が広がっているように、見る人に感じてもらいたいの」

そう言って、川谷さんは自身が手がけた本の装幀をたくさん見せてくれた。どれも書店で見かけたことのあるものばかりだ。読んでないけど、表紙は覚えているものも多い。事実、私はワタナベ氏と「これ知ってる！」「僕もこれは本屋で見かけました」なんてやりとりをしながらそれらを眺めた。

そんな私達に、川谷さんはこんな話をしてくれた。

「嬉しいことに、こういったデザインを僕の得意技として多くの人が評価してくれてるんですけど、今って、一つの得意技や個性でずっと勝ち続けていけるような世の中じゃないんですよね。ある手法が当たればみんながそれに追随して、《珍しくて画期的だったもの》はあっという間に《当たり前のもの》になるから」

かつて、プルーフは画期的な販促ツールだった。だからみんながプルーフを作るようになった。川谷さんの言葉は、松本さんの話に通ずるものがあった。

「川谷さんのデザインは書店で目を惹きます。だからこそ最近、川谷さんを意識したのかな？　っていう装幀を書店で見かけることが多くなりました。今後もっと増えていくんじゃないかと私は思っているんですけど、川谷さんはこれからどうしていくんですか？」

「そのときは、また違うことをやると思いますよ。僕の得意技は、僕にしかできないわけじゃない。当たったら真似されるに決まってます。でもきっと、作り手も読者もそういうものに嫌気が差してるんじゃないかな。何かが当たって、それに追随したり真似したものので世の中があふれ返っていくことに、絶対に飽きてますよ」

本屋に行ったら似たようなデザインの本で棚があふれ返ってるの、嫌じゃないですか。

そう言う川谷さんに「そうですよね」と相槌を打とうとして、頭の中で声がした。本当にした。私はよく自分の小説の中でこんなシーンを書く。主人公の頭の中で声がするシーン。それは自分の声で、自分の声が自分へ問いかけてくるのだ。それが、私自身に降りかかった瞬間だった。

あんたはどうなんだ。

あんたは売れるものが書きたいの？

それとも、自分が書いた本を《売れる本》にしたいの？

「型に嵌《は》めたくないなって思ってやってきたことが新しい《型》になっちゃったっていうなら、それを吹っ飛ばしてもっと楽しいやり方を見つけますよ。突飛なことをするんじゃなくて、『何が売れるのか』と問いかけ続けることが大事だと思うんで。こうすればどんな本も絶対に売れる、っていう正解はなくて、一つ一つの作品に合った方法があるはずですから」

《売れる表紙》って何だろう？　それを聞くためにやって来た取材だったけれど、川谷さんからもっと大事なことを教えられた気がした。

「売れたい」という気持ちは、こんなご時世に作家になった人間は絶対に持っていないといけない感情だ。でも《売れたい》という気持ちは、ときどき持ち主の両目を被《おお》って、視野を狭くしたり、時には視界を奪ってしまうこともある。

もしかしたら今、私はそうなりかけていたんじゃないかな、と思った。


事務所をあとにする私とワタナベ氏に、川谷さんは最後にこう言った。

「僕はね、この業界が大好き。だから、みんなが楽しく仕事をしてご飯を食べていける世界であってほしいんです」

なので、みんなで頑張りましょうね！

再び胸の前でガッツポーズをして、川谷さんは私達に手を振った。私達二人がもらうだけではもったいない気がして、絶対に今の言葉は原稿に書こうと思って、すぐにノートに書き込んだ。

「やばい、この原稿、どう書いても川谷さんの好感度爆上がりです。書けば書くほど菩薩みたいな感じに……」

エレベーターの中でワタナベ氏にそう言うと、何故か肩を竦められた。

「ここまでの取材と額賀さんが書いた原稿を読む限り、この本で好感度が下がるのは額賀さんと僕だけだと思います。皆さん、実際にいい方々ばっかりでしたし、それぞれの業界のことをしっかり考えていて、いい話を聞かせてもらえたし」

「え、我々の好感度下がってます？」

「下がってるでしょー、どう考えても。この本、額賀ファンは読んじゃ駄目だと思いますよ？　爽やかな青春小説書いてる人が売れっ子作家に『腹下せ』とか言ってるし」

「そんなあ～……」

私を神楽坂に連れてって

神保町から水道橋駅方面に向かって歩き出した私達の横を、サラリーマンの団体が追い越していく。何度も何度も。二〇一七年もあと数日しか残っておらず、世間は絶賛忘年会シーズンだ。通り過ぎる居酒屋という居酒屋は団体客で埋まっていて、それに釣られるようにして私達も水道橋駅前の居酒屋に入った。大学生の忘年会でほぼ貸し切り状態で、私達は隅っこのテーブルでささやかな忘年会をした。

「正直、《売れる表紙》がどういう表紙なのかわかるとはそもそも思ってなかったというか、あるならとっくにみんなやってるだろって思ってたのですが、それ以上にいろいろと勉強になった取材でした」

帰ってからすぐに原稿を書きたいから、アルコールは頼まなかった。私は烏龍茶を、ワタナベ氏は痛風なのに勇猛果敢にビールを飲む。

「僕達は『本を売る方法』を求めていろんな人に取材してきましたけれど、わかったことは『まずは面白い本を作れ』ということですからね。青い鳥を探すチルチルとミチル状態ですよ」

「ずっと持ってた鳥かごの中に青い鳥いたじゃん！　って展開ですね」

確かに、そうだ。

この長い取材の中で私が得た一番大きなものは、「面白い小説を書け」ということだった。青い鳥だとワタナベ氏は言ったけれど、多分私も彼も、なんとなく取材を始める前からこういう結果になることを予想していた気がする。

むしろ、それを確かめるための長い長い旅だったのかもしれない。

もちろん、私が学んだのは「面白い小説を書け」ということだけではない。

本を届けるべきは誰なのかを考え、届ける努力をするべきだということとか。

作品を少しでも面白くするためのチャンスを逃すなとか。

作家の武器は結局文章だけど、小説以外の場所でそれを活かすための知識や技術を身につけろとか。

自分の思う《いい》とか《面白い》を信じて、丁寧に根気強くやっていけとか。

それぞれの業界で必死に仕事をしている人達が、このゆとり作家の「売れたい」という気持ちに対して、アドバイスをしてくれた。エールを送ってくれた。

何より、今日の取材でやっとわかった。

私は《売れる本》が書きたいんじゃない。

自分が「面白い！」と思った本を、売りたいんだ。書店の棚で目一杯大きく展開してもらって、いろんな人に読んでもらいたいんだ。自分の本を、そういう本にしたいんだ。

そんな気持ちが、自分の中ではっきりと形を持った。

それはとても大きな経験で、仮にワタナベ氏がこのあと「すみません、この本、『こんなの売れるわけねえだろ』ってことで発売中止になりました」と言ってきたとしても、私の中に大切に残っていく。一、二発、ワタナベ氏にビンタはするだろうけれど。

そろそろワタナベ氏から「好感度上がりそうなこと書いちゃって！」と言われそうなので、自分の気持ちに正直になってみようと思う。

しんみりと次の章に行きたい方は、どうぞ飛ばしてください。


この章で私、新潮文庫ｎｅｘについてたくさん書きましたよね？　歴史ある出版社が果敢に新しいことに挑戦しているのがいい感じに伝わる文章でしたよね？

でもね、額賀は実は新潮文庫ｎｅｘではまだ一冊も書いたことがないのです！　それどころから新潮社で書いたことがないのです！

新潮文庫ｎｅｘの生い立ちについてこんなに詳しくなったのに！　表紙が四色印刷じゃなくて蛍光ピンクを加えた五色印刷だってことまで知ってるのに！

ていうか、私はワナビー時代にいろんな出版社の主催する新人賞に応募しておりまして、作家デビューしてから幸運にもそのほとんどの出版社と仕事をすることができたんです。

唯一、新潮社だけなんです。ワナビー時代に応募してたのに仕事してない出版社！


新潮社さーん！

新潮文庫ｎｅｘさーん！

額賀澪にお仕事くださーい！

神楽坂行きたーい！

終章　平成生まれのゆとり作家の行き着く先

小説が生まれた日

二〇一七年十二月二十五日。街中にあふれていたクリスマスツリーやリースやきらきらの電飾も、あと数時間で片付けられてしまう。クリスマスソングももうすぐ聞こえなくなって、日本はお正月の準備に入る。

そんなときに、一本の長編小説が完成した。

書き終わった瞬間にノートパソコンの画面が涙で霞んで見えなくなった。

「終わった……できた……」

近くで作業していた黒子ちゃんが「ああ、おめでとうございます」なんて素っ気なく言ってくる。大きく息を吸って、手の甲で目元を擦って、もう一度画面を見た。ちゃんと書き終わっていた。長い長い物語が、ここに完成していた。

ここ数日、碌《ろく》に寝ていない。クリスマス前にワタナベ氏と取材へ行って、帰ってきてからずっとこの小説を書いていた。書き終わらないと寝られないというか、書き終わるまで体が寝ることを拒否しているようだった。書いた書いた、『完パケ！』でこういうシーンを書いたよ。

寝られないのだ。小説が完成間近になると、体が休むことを許さない。

「『ジングルベル』が聞こえているうちに送ってこいって言われてるんですから、さっさとメールで送ったらどうですか？」

普段だったら、黒子ちゃんに言われた通りにした。メールを書いて、担当編集に原稿を送る。いつもの私なら、そうした。

でもその日は何だか、すぐにそうできなかったのだ。疲れて放心しているわけでもなく、達成感に満ち足りているわけでもない。

強いて言うなら、走って走って、全力で走って、ゴールテープを切って、勢いがつきすぎて足が止まらない。立ち止まることができない。そんな感じだった。

「終わった……書き終わった……終わってしまった」

六畳間を行ったり来たりする私を、黒子ちゃんは白い目で見てくる。

「動き回りたいなら外でやってください。その方が頭冷えるでしょ」

「わかった」

部屋着の上からコートを羽織り、マフラーを巻き、財布と携帯をポケットに突っ込む。

「あ、ついでにコンビニで雪見だいふく買って来てください」

そう言う黒子ちゃんに送り出されて、私はクリスマスが終わろうとしている夜の街に飛び出した。箱根駅伝の予選会を観に行くときに履いたスニーカーは軽くて、足首が冬の冷たい風に痛かった。

雪見だいふくを買って来いと言われたから、コンビニに向かって歩くことにする。手袋もしてくればよかった。十二月二十五日の深夜の屋外は、底冷えがして寒い。コートのポケットに両手を入れてしばらく歩いていたけれど、歩いているうちに、自然と歩調が速くなってしまう。一度スキップをしてみて、それでも足りなくて、結局走ることになる。

ポケットから両手を出して、腕を前後に振って、とりあえずゴミ捨て場のある角まで走ってみた。ゴミ捨て場まで来て、頭上にあった外灯に向かって「はーっはっはっ！」と笑ってみた。歌でも歌いたい気分だった。

「いいもん書けたぞー。傑作！　一番！　額賀史上ナンバーワン！」

そして次は、クリーニング屋のある角まで走った。その次は整骨院のある角まで走った。走っているうちにコンビニまで来てしまって、私は雪見だいふくを買って、棚の隅で売れ残っていた小さなクリスマスケーキを一つ買って、来た道を、真っ直ぐ黒子ちゃんと、書き上げたばかりの愛しい愛しい小説のいる家に向かって帰った。

いいものが書けたとき、私は走りたくなる。大声を出したくなる。自分の吐いた真っ白な息が夜風に消えていくのを眺めながら、自分がそういう人間だったのだと知った。

今日の私は、自分が書く小説の主人公のようなことばかりをしていた。

ワタナベ氏が水面下でやっていたこと

私と共に「本を売る方法」を探して一緒に旅をしたワタナベ氏だが、実は担当編集として紙面の外でいろいろと動いていた。

『拝啓、本が売れません』が本格始動した際、実はワタナベ氏はこんな野望を語っていた。

「額賀さん、僕達はこれから『本を売る方法』を探して取材の旅に出るわけですが、道中で出会った人々に、取材だけでなく、本を作って売る過程にも力を貸してもらうという作戦を僕は考えています」

「RPGでどんどん仲間を増やしてパーティを作っていくみたいな……？」

「そうそう。ラスボスを倒すには強いパーティを作る必要がありますからね！」

得意げに話すワタナベ氏に、恐る恐る聞いた。

「ワタナベ氏、最初の取材って編集者の三木さんですけど、三木さんに本を作る協力をしてもらった場合、編集者であるワタナベ氏の仕事がなくなってしまうのでは……」

「自分は何もしてないのに気がついたら本がいい感じに完成してる！　これ以上いい働き方はないですね！」

「ひでー編集者だ！」

そしてこの作戦を、ワタナベ氏は本当に実行した。

まず、ライトアップの大廣直也さんから取材時に「ブログをやれ！」と言われ、私は言われた通り自分の公式サイトを立ち上げ、ブログを始めた。ただ作るだけじゃなくて、大廣さんから学んだＳＥＯ対策を総動員して。おかげで、『拝啓、本が売れません』だけでなく、他の刊行物の情報を早い段階で多くの人に届けられるようになった。投稿しては情報が時間と共に流れていってしまうSNSとは違い、情報を貯め込んでおく場所ができた。

そしてカルチュア・エンタテインメントの浅野由香さんの「いい表紙を作れ！」という助言を元に、ストレートエッジの三木一馬さんにこの本の編集を――してもらうわけにはいかないので、『拝啓、本が売れません』はどういうカバーを作るべきかというアドバイスをいただいた。

三木さんはこの本の原稿を読んで、

「この本の読者は小説家志望の方、出版業界に関心を持っている学生ならびに、二十～三十代前半の方が中心になると思います。これだけだと市場が少な過ぎるので、カバーは逆に広くマス（＝大衆）に向けないといけないかな」

というアドバイスをくださった。

私とワタナベ氏は紀伊國屋書店新宿本店の二階へ通い、恐らく発売後に『拝啓、本が売れません』が並べられるであろう棚の前で、どういう表紙ならここで勝ち残れるだろうかとうんうん悩んだ。

そして、「マスに向けたカバー」を作るために、イラストレーターの佐藤おどりさんに装画を依頼した。厳しいスケジュールだったにもかかわらず、佐藤さんは引き受けてくださった。その上、鬼のような早さでラフを描いて打ち合わせに持って来てくださり、私とワタナベ氏を驚かせた。

佐藤さんとの打ち合わせ風景。ラフはこんな感じでした。

「イラストレーターも、生き残っていくのは大変です」

打ち合わせで、佐藤さんはそう語った。

「今はｐｉｘｉｖとかＳＮＳを通じて仕事の依頼が来たりしますけど、だからこそイラストのオリジナリティや作業の早さが求められますし」

「その点、佐藤さんの絵はオリジナリティばっちりじゃないですか」

「そう言っていただけると嬉しいですが、なかなか油断もできませんよ」

佐藤さんが描いてくださった装画を、私とワタナベ氏は川谷さんの元へ持って行った。私達は、この本のカバーデザインを川谷康久さんへ依頼したのだ。川谷さんは「わーい、取材受けたら仕事が来た〜」と喜んでくれた。

辿り着いたのが、この本の表紙である。

「俺達の冒険はこれからだ」の先

さわや書店の松本大介さんからは、こんなメールが届いた。

『《ゆとり世代の作家が売れる方法模索する》だけじゃ、本書の読者のカタルシスを得られないのではないでしょうか。額賀さんが売れる方法を掴んだとして、それが活かされるのは次回作ですよね？「この本を読みたい」「この本だから買いたい」と読者に思わせること、何でしょう？　毒舌の分量を増やす？　下剋上を宣言する？　本書の巻末に「売れる方法」を聞いて実践した短編小説をつける？』

『拝啓、本が売れません』の取材はとても面白く、勉強になることばかりだったが、松本さんの言う通りこの本には一つの欠陥がある。

《本を売る方法》を探し求める旅の中で見つけたものを、この本にはほとんど活かせない、ということだ。三木さんや松本さんや大廣さんや浅野さんや川谷さんから学んだことが実際に額賀澪の本に生きるのは、この本のあとのことだから。

物語の最初に倒すと決意したラスボスを倒せないまま、「俺達の冒険はこれからだ」という終わり方をする。これでは、三木さんの言っていた「デフォルトの読者」が喜ぶ展開にはならない。延々と修行パートばかり見せられて、肝心のラストバトルがないだなんて、スカッと気持ちよく終わらない。

もっともである。

「やばい、流石松本さんだ」

新宿の某喫茶店の隅っこでそのメールを読みながら、私は唸った。ワタナベ氏は酸っぱい梅干しでも食べたような顔をしていた。

「取材のときに『絶賛コメントをもらって気持ちよくなるだけのプルーフなんてNGだ』って言っていただけあって、痛いところ突いてきますねー」

「さーて、どうします？　額賀さん」

松本さんからのメールを、改めて読み返す。毒舌の分量を増やすのもありだ。下剋上を宣言する？　それもありだ。巻末に「売れる方法」を聞いて実践した短編小説をつける。これも確かに面白い。

面白い、けど。

「いかんですよ。松本さんの提案に載っかるだけじゃ、松本さんは面白がらないっすよ」

自分が出したアイデアが形になったことを喜んでくれるかもしれないけれど、それは松本さんの中から出てきたものだから。他の人がどれだけ面白がっても、肝心の松本さんにとっては新鮮みも驚きもない。

「誰かのアドバイスを作品に反映するときは、そのアドバイスをくれた人の予想を超えるもので返すべきだと思うんですよね」

砂糖をたっぷり入れたカフェオレを飲みながら、しばらくテーブルの天板に額を擦りつけて考えた。その間、ワタナベ氏は「一昨日締め切りの原稿がまだ上がってこない！」と嘆きながら著者に電話を繰り返していた。こうならないように気をつけようと思った。

『拝啓、本が売れません』は、「本を売る方法」を探して糞ゆとり作家と痛風へっぽこ編集者が旅をする話だ。これを一つの物語として考えるなら、どういうラストを迎えるべきなのかがわかってくるはずだ。

三木さんが、『タスキメシ』に対してこう言っていた。

「もし僕がこの小説の担当編集で、僕の思う『デフォルトの読者』に向けて本を作ろうとしていたら、『タスキメシ』は《食》が勝利の決め手にならないといけない」

そうそう。これを『拝啓、本が売れません』に置き換えるなら、やはり私は、この本を通して得たものを使ってピンチを乗り越えないといけない。一連の取材があったからこそ迎えられるエンディングが、この本にはあるはずなのだ。

カップの底に残った砂糖の固まりをぐいっと飲んで、口の中でざりざりと噛み締めて、考えた。噛むたびに口に広がるざらついた甘みが、私の中に何かを連れてくる。

「……ちょっくら紀尾井町に行って来ます」

席を立つと、ワタナベ氏が飲んでいたコーヒーを吹き出した。

「紀尾井町って、文春ですかっ？」

「それ以外に何があるってんだ！」

鞄を抱えて、店を出た。ワタナベ氏が急いで会計をしている声が聞こえたけれど、構わず大通りに出てタクシーに飛び乗った。紀尾井町にある文藝春秋の前で降りて、警備員と受付のおじちゃんを躱して、エレベーターに滑り込んだ。文藝局のあるフロアには、担当編集のY口氏がいた。いてくれた。

「あら額賀さん、突然どうしました」

Y口氏の手には、私が先日送った原稿があった。

実は、『拝啓、本が売れません』の取材と並行して、私は一本の長編小説を書いていた。三木さんにインタビューをした頃にちょうど取材を開始し、松本さんに会いに盛岡に行っている頃、執筆を始めた。大廣さんを渋谷に訪ねた際にちょうど行き詰まっていて、浅野さんや川谷さんを取材した頃が、ラストスパートだった。

そして二〇一七年十二月二十五日に、私はその小説を書き上げた。完成したことがあまりに嬉しくて、夜の街を駆け回った。

とりあえず仮のタイトルでここでは書かせてもらう。

『風に恋《こ》う（仮）』

デビュー作『屋上のウインドノーツ』以来の吹奏楽小説である。まだ本編も校了していない、もちろん装画など影も形もない。二〇一八年の六〜七月頃に文藝春秋から刊行される、ということだけがぼんやり決まっている本だ。

そして、『拝啓、本が売れません』で学んだことを詰め込むのが、この本になる。

『風に恋う（仮）』という小説が生まれるまで

この本の中で何度も出てくる『屋上のウインドノーツ』は、私のデビュー作だ。これを書いているとき、私は未来の見えない作家志望の一人だった。

『屋上のウインドノーツ』のおかげで私はいろんな人と出会った。

まず、吹奏楽作家・オザワ部長と知り合った。『みんなのあるある吹奏楽部』（新紀元社）とか『吹部ノート』（ＫＫベストセラーズ）といった吹奏楽に関する本を書いている、恐らく世界でただ一人の吹奏楽作家だ。おかげで、現役時代より吹奏楽が好きになった。

テレビや雑誌でしか見たことのなかった吹奏楽の指導者と話ができた。吹奏楽コンクールの課題曲を作った作曲家の皆さんとも会うことができた。実際に全日本を目指して頑張る現役の吹奏楽部員達の取材もした。自分の母校でもないのに心の底から「頑張れ」と応援したくなる学校と出会った。

もっともっと吹奏楽が好きになった。

もちろん、たくさんの編集者と出会った。書店員、イラストレーター、デザイナー、図書館司書……本に関わる世界を生きる、大勢の人に出会った。

一本の小説でここまで多くの人と出会うことができるのだと、改めて《本》って凄いなと思った。《作家》とは、とても楽しい仕事だと思った。

夢だった世界に飛び込んで、厳しい現実を知って、平成生まれのゆとり作家はまた吹奏楽小説を書きたいと考えた。

それが、『風に恋う（仮）』だ。私の十冊目の単行本だ。

同じ吹奏楽小説でも、『屋上のウインドノーツ』とは大きく違う部分がある。それは、私がこの小説を大勢の人と一緒に作ったということだ。『屋上のウインドノーツ』のおかげでいろんな人と出会い、そのおかげで『風に恋う（仮）』は生まれた。

私はこの小説が大好きだ。泣きながら小説を書いたのは初めてだったし、書き終わりたくないとここまで強く思った小説もない。

『お前は今、ドヤ顔をしているか？』

執筆中、何度も何度もその問いかけが飛んできた。

『お前が思う《デフォルトの読者》は、この物語を楽しめるか？』

『《キャラクター》を強くするには何が大事だったか忘れてないか？』

取材中に出会ったさまざまな人の言葉が、雨粒みたいに頭上から降ってきた。

『お前には《一文の力》がある』

『とにかく面白い小説を書け』

『作家の武器は、結局は文章』

『《ものが売れる》っていうのは《いいものを誰かに薦めること》で起こる』

『自分が面白いと思ったものを、丁寧に伝えていく努力をするしかない』

『一つの得意技や個性で勝ち続けていける世の中じゃない』

『お前の得意技は、お前にしかできないわけじゃない』

「Y口氏、『風に恋う（仮）』の冒頭二十枚、『拝啓、本が売れません』に載せませんかっ？」

文藝春秋の文藝局のフロアでY口氏に事情を説明した私は、そう頼み込んだ。

『拝啓、本が売れません』の版元はKKベストセラーズ。『風に恋う（仮）』の版元は文藝春秋。赤の他人同士の出版社が二つと、両社で原稿を書いている作家が一人。

二つの本を繋げられたら、きっと松本さんは驚く。松本さんの予想を超えられる。三木さんも大廣さんも浅野さんも川谷さんも、きっと面白がるはずだ。

何より、私がこれを凄く《面白い》と思っている。

「私は『風に恋う（仮）』に賭けてます。松本清張賞受賞作家のプライドに賭けて『風に恋う（仮）』は面白い！　絶対に面白い！」

ねえ、お願いお願い。次から松本清張賞の贈呈式でローストビーフ山盛り食べたりしないから！　二次会のスピーチもふざけないでちゃんと真面目なこと言うから！

文藝局のフロアで駄々をこねる私の肩を、Y口氏は「まあまあ」と叩いてきた。

「額賀さん、そこまでしなくても面白そうだからぜひやりましょうって思ってるんですけど。ローストビーフ食べていいですから」

「え！　本当ですかっ？」

「いいですよ。とにかく『風に恋う（仮）』はヤバイ作品ですから、『拝啓、本が売れません』のラストを飾るのに相応しいと思います。ていうか……」

にやっと笑って、Y口氏はこう続けた。

「冒頭二十枚だなんて温いこと言ってないで、一章丸々、どどーんと載せたらどうですか？」

「……さすが文春だ、そうこなくっちゃ」

「あはは、ありがとうございます」

「私は文春からデビューできて幸せです」

Y口氏とがっちり握手をして、私は文藝春秋を出た。入り口でワタナベ氏がおろおろしていたけれど、私の提案に彼ものってくれた。

かくして、二〇一八年六月に文藝春秋より刊行予定の『風に恋う（仮）』を、試し読みという形でこの本の巻末につけることになった。

拝啓、本が売れません

長い時間をかけて、私とワタナベ氏はいろんな人に会った。

この間に私は『潮風エスケープ』と『ウズタマ』という新刊を出し、デビュー作『屋上のウインドノーツ』と『ヒトリコ』は文庫になった。松本清張賞も小学館文庫小説賞も新しい受賞者が次々と出て、新人作家の数は更に増えた。そして私の本を気に入ってくれて、大きく展開してくれていた本屋さんが三つ閉店した。

本に関わるあらゆる職業の人が苦しさや厳しさや不安を抱えている中で、この本を書くことができて本当によかったと思う。

面白い本を作ったって、売れないかもしれない。それでも《面白い本》ではないと絶対に《売れる本》にはなれない。だから足掻くことをやめてはいけないし、「誰も必要としていないかもしれない」という不安を振り切って、小説を書き続けるしかない。

この世界のどこかに《本の神様》という存在がいるのなら、いつかきっと私に微笑んでくれるに違いないと信じながら。

誰もが、そうやって本を作り、本を売っている。売ろうとしている。

そろそろこの本を締めようと思う。

私はノーベル賞がほしいわけでも、すれ違う人全員が崇《あが》め奉ってくれるような名声がほしいわけでもない。一生贅沢できるような大金がほしいわけでもない。私は小説が書きたい。小説を書いて生きていきたい。それを誰かに楽しんでもらいたい。広過ぎず狭過ぎない賃貸物件に住み、スーパーで特売品を眺めながら今晩の献立を考え、いいことがあったらコンビニでちょっと高いアイスクリームを買う。そんな生活を八十歳くらいまで続けて、ある日（編集さんに迷惑を掛けない程度に）ぽっくり死ねればいい。

多くは望まない。自分達が親世代の年収を超えられるなんて思っていない。親が私にしてくれたことを私が自分の子供にしてやれるだなんて微塵も思っていない。そんなの私の子供に申し訳ないから子供もいらん。

私は小説が書きたい。

それさえものの凄く贅沢なことで、そんな時代を生きていくしかないのだということも、理解している。だから私は、私が書いた本が《売れる本》になってくれないと困るのだ。

拝啓、本が売れません。

売れないけれど、本を作っています。

本が好きだから、本を作っています。

本が売れない糞ったれな世界で、殺されたって死なずに生きていきます。

本を作って、生きていきます。

『拝啓、本が売れません』をここまで読んでくださった方へ

この本を閉じてから、書店で私の小説を買って読んでもらえたらとても嬉しいです。

でも、もし、この本を「面白くなかった」と思い、「こいつの書いた本はもう読まない」と思ったのなら、やはりもう一度書店へ行ってください。

そこで、私ではない人の書いた本を手に取ってください。

その本は、私ではない誰かが《面白い》と信じて書き、《面白い》と信じた編集者が作り、たくさんの人が《売りたい》と思って走り回り、汗を流し、その結果そこに並んでいる一冊です。

その本が置かれた場所は、誰かが死に物狂いで勝ち取った場所です。誰かが必死に守ろうとした場所でもあります。誰かの渾身の一冊を押しのけて、その本はその場所を勝ち取ったんです。

ランキングコーナーに並んでいる本も、「〇〇賞受賞作！」という大きな看板の前に置かれている本も、「映像化決定！」という帯がついている本も、書店員さんお手製の綺麗なPOPを飾ってもらえた本も……書店の棚に並ぶすべての本の背後には、そこに並びたくて並びたくて、並ぶはずだと信じて送り出したのに、並ぶことができなかった数多の本があります。

あなたの目に映るすべての本はそうやって、誰かの願いや祈りや想いや決意や覚悟を背負って生まれ、戦って戦って、戦い抜いた上でそこに存在しているんです。

その本は、絶対に面白いです。

特別付録

小説『風に恋《こ》う』（仮）

額賀 澪

目次

（注）二〇一八年六月刊行予定の『風に恋う（仮）』（額賀澪／文藝春秋）の一部分を抜粋して掲載しています。
内容には未校正の部分があることをお断りしておきます。

○ 凍てつく夜に『夢やぶれて』

◆

指揮棒が構えられる瞬間、いつも、体がぶるりと震える。

　これから始まる十二分間の幸福な時間を前にした、武者震いなのだと思う。それを全身で感じて、すっと力を抜く。体から余分な力が抜けて視界が開ける。色という色が鮮明になって、周囲の匂いが濃くなる。

　頭上から降り注ぐ照明の熱気とか。自分の微かな汗の匂いとか。周囲に座る同じパートの部員の呼吸だとか。首から提げたアルトサックスのひんやりとした感触とか。自分達が着るブレザーの色とか。前に座るオーボエパートの部員の髪の色とか。客席から感じる、大勢の人の熱量とか。

　ステージに立った瞬間、そういったものが全部、瑛太郎《えいたろう》の中に入ってくる。すべて飲み込むようにサックスのマウスピースを咥える。舌先に触れるリードの感触に、森の香りが鼻を抜けていく。

　指揮棒が振り下ろされて、五十人以上の人が一斉に息を吸う。まるで、ホールの中を鋭い鋭い風が吹き抜けるように。音楽の神様から吹いてくる風だ。

『あんたに風が吹いてるときって、客席で見ててもわかるよ。ああ、風吹いてるなー。超吹いてるなーって』

　瑛太郎に以前そう言っていた人物も今日、客席にいる。瑛太郎の言う《ステージに吹く風》というのを、唯一首を傾げることなく聞いて、理解した奴だった。

　ステージの上を吹き抜ける風に乗せるようにアルトサックスから音を響かせると、音は勝手に鮮明な色をまとって、自由気ままに飛んでいく。木管楽器の音も、金管楽器の音も、打楽器の音も。指揮棒と戯れるようにして、ぴょんぴょんと跳ねる。

——演奏してるとき、どんな気持ちなの？

そんな風に聞かれることがしょっちゅうあった。練習中でも本番でも関係なく、ビデオカメラを向けられて、テレビ番組を作るプロの大人達は眼をぎらぎらさせて聞いてきた。

気を抜いたら吸い込まれそうなカメラのレンズを見つめながら、どうせ言ってもわからないだろうなと思った。だから「全日本のステージを思い浮かべながら」とか「部のみんなの顔を思い浮かべながら」とか、大人達が求めていそうなことを言った。彼等は喜んでくれた。いい番組になるよと言われた。

その言葉は間違ってはいなかったと思う。確実に自分の本音だった。でも、演奏中の自分を満たしていたのは違うものだった。

『風吹いてるとき、最強だもんね、瑛太郎は。絶対に負けないよ。誰にだって、何にだって、勝っちゃうよ』

あいつはそう言うけれど、そうであって、ちょっと違うのだ。

負けないとか。勝つとか。認められるとか。風が吹くと、そんなものはどこかに飛んでいってしまう。瑛太郎の胸に残るのはただ、楽しいとか気持ちがいいとか、そんな感情だった。遮るものが何もない状態で、全身で風を受けている。

それは純粋に気持ちがよくて、幸せだった。こういう幸せが、これからの人生の中で何度も感じられたらいいな、と思う。

それが、十八歳の不破《ふわ》瑛太郎にとっての音楽だった。

するし、高校はのんびり帰宅部かな」

「もったいないな」

杉野の言葉に基は応えなかった。ネックストラップの位置を直すと、布と皮膚の薄いところが擦れてぴりりとした痛みが走る。

抱えていたアルトサックスの表面をそっと撫でていると、本当に体の一部のように思えてくる。こうしてネックストラップで自分の体と繋いでも今日は、自分たちの間に薄い壁があるというか、アルトサックスが膜に包まれているようだった。

しょうがないじゃないか。思わず声に出しそうになったとき、基達を包んでいた音楽が終わった。客席から拍手が聞こえる。

袖に集まっていた三年生達が、足音を忍ばせて一箇所に集まる。それぞれの手には楽器がある。みんな、コンクールが終わったと同時に吹奏楽部を引退した。大迫一中では毎年三月上旬に定期演

◆

「なあ、茶園《ちゃえん》、本当に吹奏楽やめちゃうの」

隣から、杉野《すぎの》が大きく肩を回しながら基《もとき》の顔を覗き込んできた。

「そうだね」

ステージ袖の暗闇で指を順番に動かしながら、茶園基は自分の掌に向かって呟く。ステージから聞こえる華やかな音色に包まれながら、指の先端まで血を行き渡らせる。

「やめるよ」

およそ半年前、九月に行われた西関東吹奏楽コンクールで、基達のいる大迫《おおさこ》第一中学吹奏楽部は敗退した。目標としていた全日本吹奏楽コンクールには進めなかった。三年間で、ただの一度も。

このまま、基は中学を卒業する。

「燃え尽きたっていうか、やりきったって感じが

奏会を開催する。クライマックスで受験を終えたばかりの三年生が最後の演奏をするのが恒例なのだ。練習期間は一週間もない。追い立てられるように最後の演奏に臨むというのは、やはり緊張する。

二年と半年の間、毎日吹奏楽漬けだった。それと比べたら受験生だった時間は短い。勉強ばかりの日々に耐えられなくなって楽器に触れたこともあった。けれど、それまでの期間があまりに濃密だったから、逆に虚しくなった。

「半年もほとんど練習してなかったのに、一週間で元に戻せるわけないじゃんね」

一人がそう言う。よく去年の先輩達、こんな状態でちゃんと演奏してたよね。尊敬しちゃう。いや、そもそも尊敬してるけどさ。みんながそう言い合っているうちに、ステージから声が聞こえてきた。司会を担当する二年生のものだ。

「それでは次が、いよいよ最後の曲です。この曲は、僕達をずっと引っ張ってくれていた、三年生の先輩方と一緒に演奏します」

言葉尻が若干震えたように聞こえた。緊張しているのではなくて、多分、ちょっと涙目になっているんだろうなと思った。

自分の目には涙の気配がない。コンクールのときに散々流してしまったから、体が「何を今更」と思っているのかもしれない。

「それでは聴いてください。定番中の定番です。明るく三年生を送り出したいと思います。真島俊《ましまとし》夫《お》編曲、『宝島《たからじま》』です」

曲名がコールされるのと同時に基達はステージに出て、それぞれのパートの場所へと散っていく。保護者や関係者ばかりの客席からは、割れんばかりの拍手が響いた。拍手が、基の中に巣食っていた緊張を消す。いや、拍手に背中を押されるようにして緊張が姿を変える。本番とは、いつもそういうものだ。

顧問の筒井《つつい》先生が客席に一礼して、指揮台の上に立つ。譜面台を捲り、「さあて、最後だし楽しく行こうか」と破顔した。練習のときはしょっちゅう怒るし、ねちねちと同じ場所を何度も何度も何度も吹かせる人だけれど、今日ばかりは清々しい笑顔をしていた。

先生が指揮棒を構える。基はアルトサックスのマウスピース部分を口に含んだ。舌が木製のリード部分に触れる。

この感覚が、結構、好きだった。楽器が自分の中に浸透していくのが。

指揮棒が振られ、アゴゴベルの甲高くリズミカルな鐘の音が響く。会場である市民文化ホールの壁や天井に、金色の粉が舞うようだった。ドラムとかシンバルとかタンバリンとか、打楽器の音が入り乱れる。

『宝島』は吹奏楽では定番中の定番。誰もが一度は吹いたことがある曲だし、基も小学四年で吹奏楽を始めてから、幾度となく演奏してきた。演奏会のクライマックスに相応しい、音のお祭り騒ぎだった。

緊張は高揚感になり、冷たかった指は温かくなり、胸に残っていた寂しさを覆い隠してくれる。ここまで賑やかなら、寂しいとか悲しいとか、そんな気持ちを感じずに済む。

ソロパートが回ってきて、基は立ち上がった。十六分音符の複雑な運指に、真鍮製の黄金色をしたその体内から、端正に編み上げられた音があふれてくる。サックスの姿は、植物のようだ。神様が精密に丁寧に、愛を込めて作ってくれた。折れ曲がった円すい管も、蔦のようにそれに絡みつく音を操るためのキーやレバーも、朝顔の花のように広がるラッパも。すべてが完璧で、完成されていて、美しい。

そんな愛する楽器との《最後》が、サックスのソロがあり、吹奏楽に関わる誰からも愛される

『宝島』っていうのも、素敵だ。頬をわずかに緩めながら、基は低音から高音へ一気に駆け上がる。高く高く、どこかへ続く階段を駆け上がるみたいに。その先に何があるかわからないのに、とにかく全力で、何かを振り切るようにして、走る。

愛を振り切って、別れを告げる演奏をする。

お前の吹奏楽人生は、そんなものでよかったのか。そんな声が、どこかから聞こえてきた気がした。いいんだよ、とは返せなかった。

「茶園、バスで帰るの？」

うちの車、乗って帰る？　と、杉野がホールの隅にいる自分の母親を指さして聞いてきた。一、二年生はこのあと楽器を学校まで運び後片付けをする必要があるけれど、三年生は現地解散だ。

「いや、いいよ」

三年間お世話になった杉野の母親に一礼して、基は首を横に振った。

「玲於奈《れおな》が来てるから、一緒に帰る」

「ああ、鳴神《なるかみ》先輩、来てるんだ」

自動ドアの向こう側、すっかり暗くなって外灯の光がぼんやりと並ぶ植え込みの近くに、探していた女子の姿を見つけ、基は杉野に「じゃあね」と手を振った。

「相変わらず仲良しだねえ、茶園と鳴神先輩」

「幼馴染みだからね」

もう一度「じゃあね」と言って市民ホールを出た。途端に冷たい夜風が吹きつけてきて、首を縮こまらせる。皮膚がひび割れて血が出そうだった。マフラーを巻いてきたらよかったなとアルトサックスのケースを背負い直し、ベンチに座ってスマホをいじる玲於奈の元に駆けていった。

「寒くないの？」

玲於奈は温かそうなファーのついたブーツを履いていたけれど、スカートにタイツという組み合わせはどう見ても寒い。肩胛骨のあたりまである黒髪をおさげにしているから、見ているこっちの首筋がすーすーする。

「中で待ってたらよかったのに」

「OGがずっと居座ってたら、みんなに気ぃ遣わせちゃうと思って」

玲於奈は基より二歳年上の、高校二年生。もうすぐ三年生に上がる。二年前にこのホールで行われた定期演奏会で送り出されたのは、玲於奈達の代だった。

「帰ろっか」

スマホをリュックのポケットにしまった玲於奈が立ち上がり、バス停に向かって歩き始める。半歩遅れて基も着いていった。

「ソロ、よかったじゃん」

「そう？　ありがとう」

「高校でも続けたらいいのに。せっかく千学《せんがく》に入るんだからさ」

「その話、一体何度目だよ」


玲於奈は基が四月に入学する千間《せんげん》学院高校——通称・千学の吹奏楽部で部長をしている。基が千学を第一志望にしていること、中学で吹奏楽をやめることを知って、当然の如く「やめるなんてもったいない」「吹奏楽部入りなよ」と誘ってきた。

「だってさ、目標だった全日本には行けなかったんだから、高校でリベンジしなよ。うち部だって、今年こそって言って練習してるんだから」

「でもさあ……」

千学の吹奏楽部が全日本に出場できていたのは、もう何年も前の話じゃないか。今の千学じゃ、埼玉県大会も通過できない。

そんな言葉が出てきそうになって、基は口を引き結んだ。

「大学受験もあるし、さすがにあと三年も全日本目指して吹奏楽っていうのは、僕には無理かな。もう、三百六十五日、二十四時間吹奏楽漬けになるのは、ちょっとしんどいよ」

誤魔化すように頬を掻きながら言う。玲於奈は納得してくれなかった。

「基は、吹奏楽部に入るもんだと思ってた。ちっさい頃から千学の吹奏楽部が好きだったから」

「好きだったけど」

それは、昔の話だ。あの頃と今では千学は別物だ。比べるのも失礼なくらい。そこで部長をしている玲於奈にはとても言えないけれど、それが基の本音だった。

「私だって大学では吹奏楽続けないし、誰がいつやめたってその人の自由だと思ってるけど、基が吹奏楽をやめるのは、間違ってると思う」

やや語気を強めて、玲於奈は言った。捲《まく》し立てるみたいで、少し怖かった。

「あんたは、音楽をやらないといけない人なんだから」

「なによ、それ」

「基の音はいろんな色になれるの。同じ曲でも格好良かったりお茶目だったり、凛々しかったりのびのびしてたり。自然とそんなことができる人は、音楽を続けるべきなんだよ」

「大袈裟だなあ」

からからに乾いた笑いをこぼして、浅く息を吸った。寒いせいだろうか、胸が針で刺されたみたいに痛んだ。

「いいんだ。今日でおしまいにする」

もちろん、たまに相棒を吹いたりはするだろう。だが、自分が吹奏楽部としてステージに立つことはない。

「ごめんね、玲於奈」

玲於奈がさっきから一度もこちらを見ないのに耐えかねて、基は謝罪した。

「この裏切り者」

「うん。だからごめんってば」

二年前、玲於奈が大迫一中吹奏楽部として最後のステージに立った夜。あの日も自分達は枯れた欅の並ぶこの道を歩いた。玲於奈は基に二つ、約束を押しつけた。

全日本コンクールに出場して。あと、千学でまた一緒に吹奏楽やろうね。

結局、基はそのどちらも果たすことができなかった。

「塾、サボっちゃって大丈夫だったの？　玲於奈のお父さん達、怒らない？」

玲於奈はぶすっとした様子で黙々と歩く。靴の踵が煉瓦に当たってカツンカツンと鳴る。困ったなあと基は笑った。玲於奈は一度不機嫌になると長い。きっとバス停に着いても、バスに乗っても、降りても、隣同士に立つ互いの家に着いても、悪いままだ。

基が足を止めると、玲於奈はそれに気づくことなくずんずんと進んで行ってしまう。少しずつ自分達の距離が開いていく。

すっかり冷え切ってしまった両の掌に、基は息を吹きかけた。赤くかじかんだ手が、わずかに温まる。

「玲於奈！」

離れてしまった幼馴染みの背中に投げかける。オレンジ色の外灯の下で、彼女はやっとこちらを振り返った。まだ、唇を尖らせている。

並木道の横に、大きな噴水があった。ちょっとした池みたいなサイズで、人っ子一人いないというのに白く透き通るような光でライトアップされている。

「なに？」

私は今、不機嫌だぞー！　そう聞こえてきそうな声に、基は吹き出した。

「来て」

嫌だと言われる前に、小走りで並木道から外れる。ライトアップされた噴水の前まで行って、サックスケースを下ろした。蓋を開け、ネックストラップを首から提げ、コートのボタンを外した。

中は冬用の制服とはいえ、外気が入り込むと寒かった。

「なによ、どうしたの」

思ったより近くから玲於奈の声がした。なんだかんだで、ちゃんと着いてきてくれたみたいだ。

演奏が終わって、もう一時間以上たつ。アルトサックスはすっかり冷えてしまった。触れた瞬間、まるで基を拒絶しているみたいな、痛みにも似た冷たさが掌を駆け抜けた。

リードをケースから取り出して、口に咥える。サックスはこれがないと音が出せない。リードを自分の唾液で湿らせ、マウスピース部分に装着し、玲於奈を振り返る。彼女は神妙な顔で基を見ていた。アーモンドみたいな形をした目は、笑うと可愛いし怒ると怖い。

落胆と怒りと憤りと、寂しさの入り交じった玲於奈の表情は、静かなたたずまいは、雪が降っているみたいだった。夜闇に降りしきる雪が、基の脳裏にちらちらと浮かんだ。

緩やかにカーブする吹込管に両手を添えて、マウスピースからサックス本体へ息を吹き込む。人工呼吸でもするみたいに、優しく、優しく。一つのサックスを構成するパーツは六百あるらしいから、それら一つ一つに自分の息が届くように。少しずつ、自分達が一つになっていくのを感じた。

「玲於奈」

サックスを抱きしめて、基は二歳年上の幼馴染みの名前を呼ぶ。責任感が強くてときどき頑固で、でもときどき基に甘い。

「見てて」

物心着く前から玲於奈は自分の側にいた。同じものに憧れて一緒に吹奏楽を続けてきた。玲於奈、見てて。自分がそう言えば、玲於奈は絶対に見ていてくれる。不機嫌でも、絶対に。

「それでは聴いてください。ミュージカル『レ・ミゼラブル』より、『夢やぶれて』です」

曲名に玲於奈が息を飲んだのがわかった。構わずマウスピースに口づけて、先ほどよりずっと強く、腹の底から息を吹き込んだ。

ゆっくりと、静かに始まる。『宝島』とは打って変わってしっとりとした曲を選んだ。らしくないとは思ったけれど、でも、今は弾けるように元気な曲を吹く気分ではなかった。

だって今日は、自分と玲於奈が初めて道を違える日なのだから。茶園基が、吹奏楽から離れる日だ。

アルトサックスの音は独りぼっちだ。誰も一緒に演奏しない。静黙として悲しげなメロディは、徐々に壮大なものになっていく。でも、その中にある痛みや愁傷《しゅうしょう》は消えない。むしろ高らかな音色に合わせ、悲しみを増していく。

高音を出すために伏せっていた目を大きく開いたら、玲於奈がこちらをじっと見ていた。アーモンドみたいな綺麗な形の目を、真っ直ぐ基に向けていた。これはこれで、何だか照れるな。そう思って、基は噴水の縁に飛び乗った。それなりにスペースがあったから、バランスを崩す心配もない。玲於奈が一瞬驚いた顔をしたけれど、基は彼女に背を向けて演奏を続けた。

大量の水が噴水から夜空に向かって噴き出す。揺れる水面に自分の影が映り込んでいる。欅の木に囲まれ、冷たい風の吹くこの場所でサックスの音は噴水と共に空を突く。

昔、今の基よりもっともっと上手に、魅力的に、神々しいまでの演奏をする人を——人達を見たことがあった。あまりにも眩《まぶ》しすぎて、どうやって見つめればいいのかわからなかった。目を背けるにはあまりにも輝かしくて、その音色に手招きされたら、駆けていくしかなかった。そうやって基は吹奏楽の世界に飛び込んだ。

結局、彼等が到達した場所には辿り着けず、彼等がいた千学吹奏楽部は、もう基の憧れの場所ではない。結局、自分は高みに至るような人間ではなかったのだ。

　最後の音を出し切ると、風に乗って小さな雫が目の前を飛んでいった。噴水の水が、こんなところまで飛んできたのかと思った。

　そうではないと、わかっていた。わかっていたけれど、目元は拭わなかった。玲於奈に気づかれたら、きっと吹奏楽の世界へ引き戻されるから。『宝島』で包み隠したはずの未練が、ほんのちょっと顔を覗かせる。でも、見ない振りができるくらいには自分は大人だ。そうでないと、困るのだ。

「ねえ、玲於奈」

　振り返らず、基は言う。

「『夢やぶれて』って、フランス語のタイトルは『私は違う人生を夢見た』っていう意味なんだって」

　そう教えてくれたのは、誰だっただろう。筒井先生だったかな。自分が今そんなことを言う意味を、玲於奈は理解してくれるだろう。

　鼻を擦る振りをして目元を手の甲で拭った。眼鏡がズレ落ちた。眼鏡をかけ直して改めて眺めた噴水は、照明は、欅の木は、どれもぼんやりとしていた。

　だいぶ時間を置いてから、玲於奈が「帰ろう」と行った。演奏する前と同じ。ちょっと遅れてついていく基を振り返ることなく、早足で駅前のバスロータリーに向かって行った。カツンカツンと、寂しそうに踵《かかと》を鳴らしながら。

一　追憶と『二つの交響的断章』

◆

　桜の花の色を眩しいと思った。

　風に枝先が揺れると、粉雪のように花びらが落ちてきた。一枚が基のつむじのあたりにのっかる。それを指先で摘み上げて、溜め息をぐっと堪えた。ただの花を特別なものに感じてしまうのは、きっと、ここがかつて憧れた場所だから。憧れた人が通っていた高校の門をくぐり、今日から自分も生徒の一人として、ここで三年間を過ごすから。

花びらを手放すと風向きが変わった。強めの風に、地面に落ちた花びらが舞い上がって……その様がまるで、自分達はまだ散るつもりなんてないと抗っているようだった。

舞い上がる花びらの群れの向こうに、古びたチャペルが見えた。

基が今日から通うことになる私立千間学院高校はキリスト教系の学校だ。私立といってもお洒落で綺麗な建物があるわけでもなく、むしろ周辺の公立高校よりずっと古びた校舎を使っている。

唯一キリスト教系の学校らしい施設が、正門から校舎へと伸びる並木道の途中に建つチャペルだ。鉛色の石を組み上げて作られたチャペルは小さいながらも重厚感があり、三角屋根の天辺に佇《たたず》む十字架が、次から次へとやって来る生徒を見下ろしていた。

新入生の登校時刻までまだ余裕がある。生徒の流れから外れて、基は静かにチャペルへと近づいていった。

老朽化が進んでほとんど使われることがなくなったというチャペルは、建物を囲むように木が植えられているけれど、桜ではないようで花も咲いてない。

昔、ここで吹奏楽部の演奏を聴いたことがあった。当時基は小学四年生で、玲於奈は五年生だった。

あの頃と何ら変わっていない木製の扉を、基はゆっくりと引いた。扉はいとも簡単に開いた。暗い廊下を進むと、春に似合わない湿った香りが鼻をくすぐる。人の体温とか、声が混ざっていない空気だ。

　エントランスと聖堂を隔てる小さな両開きのドアをくぐると、真っ先にステンドグラスが視界に飛び込んできた。

「……変わってない」

　整然と並べられた椅子とテーブル。柱には花の彫刻が施され、ドーム型の天井からは照明が吊されているが、今は仕事をしていない。千学のスクールカラーである青色を基調としたステンドグラスには朝日が差し込み、青い光が通路に伸びている。チャペルの周囲に立つ木々が風に揺れて光を遮ったり通したりするせいか、青色の光も絨毯の上を踊るように揺れていた。

　光の揺らめきに誘い込まれるように、基は通路を進んで行った。

　かつて、千学の吹奏楽は強豪だった。全日本吹奏楽コンクールで金賞を受賞し、テレビにも取り上げられ、このチャペルで行われる定期演奏会も満員だった。十歳の基からすれば、吹奏楽部の部員達は雲の上の存在だった。芸能人のようだったし、英雄のようでもあった。自分が彼等と同じ年齢になることも同じ学校に通うことも想像できなかった。

　ただ確かなことは、十歳の基がこの場所で彼等の演奏を聴いて、吹奏楽を始めたことだ。

　堪らず溜め息をこぼしそうになったその瞬間、前方の座席からガタン、という乾いた音がした。

「……え？」

　視界の隅で影がうごめいて――誰かが、すっと立ち上がる。基は喉の奥で悲鳴を上げた。

　立ち上がったその人は高校生には見えなかった。正面のステンドグラスから差し込む光が逆光になって、目鼻立ちや表情は見えないけれど、背が高く、肩幅も広く、青みがかった影の向こうから大人っぽい落ち着いた雰囲気まで漂ってくる。

　相手は何も言わず座席から通路に出て、こちらに向かって歩いてくる。身につけている服は大学生が就職活動で着るような真っ黒なスーツだった。すれ違い様に小さく会釈をされて、やっと顔を見ることができた。

もう一度息を呑んだ。

その人は何も言うことなく去っていった。扉が閉まるのを背後でしっかり感じてから、勢いよく振り返る。そこにはもちろん誰もいなくて、今度こそ一人きりになった。

たっぷり時間をかけて基は思案する。すれ違う瞬間に見えた顔を基はよく知っていた。でも、あの人がここにいるわけがない。あの人が千学にいたのは何年も前で、とっくに卒業していて、入学式の日にチャペルにいるわけがない。いるわけがないのだ。

「……幽霊?」

いや、生き霊?

誰もいないチャペルでやっと声にできた疑問は、誰にも届かない。当然、誰も答えてくれない。

一年五組にはすでに多くの新入生が集まっており、顔見知り同士が集まってお喋りをしていた。果たして、同じ中学の生徒とはクラスが離れてしまった。果たして、この狭い教室の中で一年間上手く立ち回れるだろうか。そんなことを考えながら、自分の席を探した。

「――ああっ!」

黒板に書かれた席順を頼りにきょろきょろとしていたら、すぐ近くでそんな声が上がった。

「大迫一中の歌うお茶メガネ!」

知らない人ばかりのはずの教室で、自分を指さす人がいた。なんだよ《歌うお茶メガネ》って。でも、指さしてきた人物の顔を見て、基も「あー!」と大口を開けた。

彼の茶色がかった明るい髪が、ステージの煌々《こうこう》としたライトの下では金髪みたいに見えるのを基は知っている。色素の薄い目はガラス玉みたいで、その目をきらりと輝かせて彼は演奏するのだ。

春辺《はるべ》第二中学校吹奏楽部の、堂林慶太《どうばやしけいた》だ。パートはトランペット。地区大会、県大会では毎年のように見かけた。同じ中学生とは思えないような、大人っぽくてしっとりとした演奏をする。言葉こそ交わしたことがなかったけれど、基を始め、大迫一中吹奏楽部の面々は影で彼のことをこう呼んでいた。

「春辺二中の《いやらしいトランペットの人》！」

言ってから、自分も充分失礼な物言いだなと思った。案の定、堂林も「何だよそれ！」と切り返してくる。

「そっちこそ、《歌うお茶メガネ》って何ですか」

「大迫一中の眼鏡の茶園君だから《お茶メガネ》だよ。演奏にリスペクトを込めて、《歌うお茶メガネ》って呼んでるの。《いやらしいトランペットの人》よりはマシだろ」

「《いやらしいトランペットの人》というのも、リスペクトを込めて呼んでるんだけど」

「微塵も感じられないし！　入学式の日に教室で人のことを《いやらしい》って連呼しないで！」

一呼吸置いて、基は改めて堂林慶太を見た。基と同じ、深い深い紺色の、黒色にも見えるブレザーに水色のワイシャツを着て、ブレザーと同じ色のスラックスを穿いて、ブルーのネクタイをして。間違いなく千学の制服を着て、一年五組の教室にいる。

「堂林君、千学だったんですね」

「そっちこそ」

まさか大迫一中の《お茶メガネ》と一緒とはなあ……。自分の席にどかりと腰を下ろして、堂林はどこか忌々しいという顔をした。彼にそういう顔をされるのは、悪い気はしない。一応この人は、自分を《厄介な奴》と思っているのだろうから。《お茶メガネ》というあだ名は納得いかないけれど、演奏を《歌う》と言ってもらえるのは、結構、嬉しい。

「《お茶メガネ》じゃなくて、茶園基です。今日からよろしく」

右手を差し出すと、彼はちらりとその手を見て、静かに握手に応じた。三年間もコンクールで互いの存在を意識していたのに、握手をしたり言葉を交わすのは初めてなんて、妙な気分だ。

「同じクラスってことは、これから少なくとも一年間は、茶園と四六時中一緒にいるってことか」

基の右手から手を離した堂林が、そんなことを言う。

「堂林君、やっぱり吹奏楽部に入るんだ」

この言い方で、彼には充分伝わるだろうと思った。事実、彼は数瞬おいて、ガラス玉のような目をこちらへ向けた。

「茶園、吹奏楽部入らないの?」

「帰宅部か、もしくはゆるそうな文化部に入ろうかな」

「はあっ?　マジかよ。お前、千学入ったのに吹奏楽続けないわけっ?」

一度椅子に腰を下ろした堂林が再び立ち上がり、基の方に身を乗り出してくる。頷くと、奇妙な生き物でも見るような顔をされた。ああ、彼もなんだ。ひやりと冷たさの差した胸の内を悟られぬよう、基は頰に力を入れてはにかんだ。きっと堂林慶太もまた、千学に憧れを抱く一人なのだ。

基の通っていた大迫一中は、全日本吹奏楽コンクールを目指しながらも県大会や西関東大会で敗退してきた。一方堂林のいた春辺二中は三年連続全日本出場の強豪校だ。そんな彼が千学で吹奏楽を続ける理由なんて、憧れ以外にあるわけがない。

今の千学の吹奏楽部は、強くもなんともない。過去の栄光が輝かしすぎて、その光に埋もれて姿が見えなくなってしまった。

「親に大学行けって言われてるから、大学進学に力入れてる千学にしたんだ」

千学は私立高校らしく受験指導に熱心で、進学実績もここ数年上がっている。憧れだった吹奏楽部が千学にあるのは、たまたまだ。たまたま自分の高校選びの条件に合っていただけ。

納得できないという顔の堂林に話して聞かせながら、何だか言い訳がましいなと思った。おかしいな、吹奏楽への未練はすっぱり断ち切ったつもりだったのに。

「何だよ、吹奏楽やめちゃうのかよ。あんなご大層な動画までアップしてたくせに」

「動画？」

「そうそう、格好つけちゃってるお茶メガネ君の動画」

制服のポケットからスマホを取り出した堂林が、親指を素早く動かす。動画、動画、動画……。何かあったっけと思い返して、三月の定期演奏会に行き当たった。そういえば毎年、定演の動画を短く編集してネットにアップしていたっけ。

「先月の定演のこと？　『宝島』吹いてた奴」

「定演？　違う違う。その動画もあったけどさ、俺が言ってるのはこっち」

ほい、とスマホの画面を見せられる。

そこには確かに茶園基がいた。寒々しい屋外でこちらに背を向けてアルトサックスを吹いていた。大きな噴水から水しぶきが上がり、周囲の淡い照明にきらきらと光る。光をまとった雪が舞っているようだった。

「歌いに歌ってる動画だろ？　吹部の後輩から回ってきてさあ。『これ、大迫一中の《歌うお茶メガネ》さんに似てません？』って」

にやにやと笑いながら、堂林はうるさくない程度に音も聞こえるようにしてくれた。演奏されているのは間違いなく――。

「『夢やぶれて』だ……」

画面の中の基はほとんど背中しか写っていない

のだが、ところどころ横顔が覗く。基を知る人が見れば、これが茶園基だとわかってしまうだろう。

動画のタイトルは、「夢破れて全日本吹奏楽コンクールに行けなかった中三が『夢やぶれて』を吹いてみました♪」という実にふざけたものだった。特に《♪》が腹立たしい。全日本コンクールに進めなかったことも、三年間の努力が実らなかったことも、すべてが《♪》によって軽々しくなる。「また高校で頑張ればいいじゃない」と、そう言われている。

堂林のスマホを引っ摑んで、基は教室を飛び出した。階段を二階から四階まで駆け上がる。四階は三年生のフロアだ。

迷わず三年二組の教室まで行き、まだ担任が来ていないのを確認して、扉を開けた。

「玲於奈っ！」

鳴神玲於奈は、すぐに見つかった。入ってすぐの後方の席で、友達とお喋りしていたから
「これ、玲於奈だろっ」

詰め寄って、堂林から奪ったスマホを見せる。とっくに再生は終わっていたけれど、玲於奈はそれが何の動画なのかすぐに理解した。明らかに口がにやついている。

「えー？　知らない」

「知らないわけないでしょうが！　これ見たの玲於奈しかいないんだから」

そもそも動画を撮影した人物の立ち位置からして、玲於奈以外有り得ない。

「可愛い幼馴染みの勇姿をネットの世界に残しておこうと思って」

「ネットリテラシーって言葉の意味わかってるっ？」

「いいじゃない、別に顔と名前がばーんと出てるわけじゃあるまいし。定演の動画の方がよっぽど誰が誰だかわかるようになってるんだから」

「早速クラスメイトにばれてるんですけど！」

玲於奈は「え？　嘘ぉ」と目を丸くした。そのままスマホの画面を覗き込んで「あっ」と声を上げる。

「凄い、アップしたの一昨日なのに、思ったより再生回数行ってる」

「嬉しくもなんともないから！」

肩で息をする基に対して、玲於奈は近くにいた友人に「こいつ、私の家の隣に住んでんの」と基を紹介し始めた。

そのとき、廊下から名前を呼ばれた。

「おーい、お茶メガネ！」

人のことを市販のお茶みたいに呼ばないでほしい。

「いきなり四階に駆け上がってくから、どうしようかと思った」

いそいそと三年二組の教室に入ってきた堂林は、玲於奈に小さく「どうも」と会釈して、基の腕を摑んだ。

「スマホ、俺のスマホ返して」

ていうか、もう先生来るから。教室戻ろう。ぶつぶつとそう言いながら、基を教室の外に連れ出そうとする。

そんな彼を指さしたのは、玲於奈だった。

「君、コンクールで見たことある。春辺二中の《いやらしいトランペットの人》！」

玲於奈が大声で言うもんだから、近くにいた三年生達が一斉にこちらを見た。堂林は、基のときのように「なんだよそれ！」とは言わなかった。

代わりに、弱々しい抗議の声を喉から捻り出す。

「……勘弁してくださいよぉ」

吹奏楽部の練習場所は、一般教室棟から渡り廊下を抜けた特別棟の四階の奥にある。古びた建物独特の埃っぽい匂いと茶渋のような薄暗さが積み重なった先の、第一音楽室だ。

「当たり前だけど、テレビで見てた通りだな」

感心したように堂林が言って、音楽室を目指して歩き出す。

「堂林君も見てたんだ。『熱奏《ねっそう》吹部《すいぶ》物語』」

「近くにある高校があれだけ取り上げられてたら、そりゃあ見るだろ」

「確かに、そうだよね」

全国ネットのテレビ局がドキュメンタリー番組の中で高校の吹奏楽部を大々的に取り上げたのは、基が小学三年生の頃だった。あれがきっかけで吹奏楽の世界そのものが盛り上がって、人気になって、全日本コンクールのチケットの争奪戦が繰り広げられるようになった。

全国のさまざまな高校の吹奏楽部に番組は密着した。全日本コンクールに出場するような強豪校から、人数が足りなくて部員集めに奔走する弱小吹奏楽部まで。そして、この千間学院高校吹奏楽部も。

当時、千学は男子校だった。女子生徒が圧倒的に多い中、男子のみのバンドは珍しい。どういう経緯で千学が選ばれたのかわからないけれど、「男子だけの吹奏楽部が全日本コンクール初出場を目指す」と千学吹奏楽部はお茶の間に紹介された。しかもその年、本当に全日本コンクールに出場した。

その過程を基は視聴者の一人としてしっかり見ていた。万年県大会止まりだった千学が地区大会と埼玉県大会を突破し、西関東大会へ出場する。強豪校がひしめく中、金賞を受賞して、全日本への切符を摑んだ。それはあまりにもドラマチックで、鮮烈で、猛烈に格好良かった。音楽になど縁のなかった少年に、翌年から吹奏楽を始めさせてしまうくらい。

全国の視聴者もそうだった。千学吹奏楽部は瞬く間に大人気となり、縁もゆかりもない土地に住む人がコンクールで千学を応援した。定期演奏会にやってきた。全国各地のイベントで招待演奏をした。挙げ句の果てにテレビCMで人気女優と共演までしたのだ。

「千学があの頃のままだったら、吹奏楽を続けてたかな」

木製の両開きの扉を前に基はそんなことを呟いていた。「第一音楽室」というプレートを見つめながら、堂林がこう聞いてくる。

「茶園は、本当に吹奏楽部には入らないの？　上手いのにさあ……」

「中学で、燃え尽きちゃったんだ」

吹奏楽部に入りたいという思いは、もう基の胸になかった。中学三年間で、音楽に注ぐべきエネルギーが尽きてしまった。一生分、使い果たしてしまった。玲於奈がいようと、堂林がいようと、空っぽなのは変わらない。

ただ、もし、千学がかつて憧れたような場所だったら、もしかしたら自分は吹奏楽を続けたかもしれない。憧れの千学に来たからこそ《あの頃》と《今》の落差を思い知らされた。胸が痛くなって、堪らなく寂しくなって、目を背けたくなる。

部活見学に行きたい者は自由に行ってよし。帰りのホームルームで担任にそう言われたものの、基が堂林とここまで来たのは、吹奏楽部を見学するためでも、入部するためでもない。

「僕の目的はただ一つ。玲於奈にあの動画を削除してもらうことだ」

入学式の前に三年二組の教室に突撃したものの、玲於奈はネットにアップした動画を消してくれなかった。「消してほしかったら、放課後に音楽室においで」とにっこり笑って、基と堂林を教室から追い出した。

「音楽室に来たら最後、入部届に名前を書かされるのは運命づけられる気がするが……」

春辺二中の吹奏楽部はそうだったよ。苦笑いしながら、堂林は第一音楽室の扉を開けた。古びた木製のドアは、ぎいぎいと歯軋りのような音をたてた。

玲於奈の魂胆など承知の上だ。あの手この手で彼女は基を吹奏楽部に入れようとするだろう。昔と比べたら見る影もなくなった千学吹奏楽部の部長として、玲於奈は必死なのだ。わかっている。基が、一番わかっている。

「わー！　一年生来た！」

基達が音楽室に足を踏み入れた瞬間、そんな声が飛んできた。「二人も来た！」「男子来たー！」「やったー！」という、まさしく黄色い声が。

広さこそあるものの、パイプ椅子や譜面台、楽器で雑然とした音楽室で、玲於奈の姿はすぐに目に入った。オーボエパートの玲於奈は、指揮台に近い場所からこちらを見ていた。その口が、にいっと半月状に吊り上がる。

でも、基は一瞬、ここに来た目的を忘れた。

扉の向こうにあったのは、十歳のときに見たあの音楽室だったから。埃っぽい匂いも、黄ばんだ蛍光灯も、汚れた窓ガラスも、廊下と変わらないのに。変わらないはずなのに。くすんだクリーム色の壁も、雨漏りの跡のある天井も、錆びたパイプ椅子も、年季の入った打楽器も、全部、この部屋のあらゆるものが輝いて見えてしまう。あちこちから光が発せられて、基を歓迎している。

共学化したとはいえ、現在も千学は男子生徒の割合の方が多い。吹奏楽部も半分近くが男子だ。他校に比べれば充分多い。だから、あの頃の面影を色濃く感じる。

瞬きを繰り返して、基は隣を見た。堂林は頰をわずかに上気させ、ガラス玉のような瞳をきょろきょろと動かした。この場所を隅から隅まで見たい。記憶したい。そんな必死さが伝わってくる。

ああ、彼も一緒だ。彼も今、僕と同じように《千学吹奏楽部》という場所に、空気に、かつての強烈な憧れに、溺れている。

千学の名前は、激烈だ。改めて基は思い知った。

十歳の基に吹奏楽を始めさせ、堂林に強豪校への進学という選択肢を捨てさせ、共学化されたばかりなのに玲於奈を入学させてしまうくらい。

ドアの近くにいた部員が、「入って入って入って！　経験者？　初心者？　楽器の希望はある？」と話しかけてくる。答えようと思うのに声が出ない。喉が窄《すぼ》まって、口をぱくぱくと動かすしかできなくなる。

だから、気づかなかった。

自分の背後に、誰かが立ったことに。

「そこの二人」

「入るなら入る、入らないならちょっとどいてくれないか」

自分よりずっと落ち着きのある声が飛んでくる。音楽室の入り口で突っ立っていたことに気づいて、慌てて振り返った。

すみません、と言いかけて、今度は本当に息が止まった。

「……ゆっ」

やっとのことで、声が出る。

「幽霊……」

朝、チャペルで見た幽霊がそこにいた。真っ黒なスーツを着て、臙脂色のネクタイをして、基を見ていた。

かつて、ドキュメンタリー番組の中で活躍していた高校生。強くて、格好良くて、鮮烈で、そして激烈だった千間学院高校吹奏楽部の部長。その人が、自分の目の前にいる。

「幽霊じゃない。ここのＯＢだ」

腰に手をやって彼は基を見下ろす。平均身長にわずかに届かない基を、高い場所から見つめてくる。ステンドグラスからこぼれる光のように、その瞳は青みがかって見えた。

「今朝、チャペルで会ったな。君、新入生だったんだ」

基の右胸にある「祝・御入学」と書かれたリボ

ンと花を見て彼は言う。長い指が、花びらをたわわにつけた赤い花を突いた。真っ赤な花弁が揺れる。そのまま花がばらばらに砕け散るんじゃないかと思った。ずきりとした痛みと、それを超越する甘くて熱くて痺れるような感覚が、全身に広がっていく。

基から視線を外し、彼は音楽室を見回した。かつて自分が部長として過ごした空間を。どこか険しい表情で、唇の端に力を入れるようにして、見つめる。

「今日から吹奏楽部のコーチをする、不破瑛太郎だ」

まるで指揮棒でも振るうように、静かに凛々しく、そう言う。

「君達を全日本吹奏楽コンクールに出場させるために千学に戻ってきた」

どうぞよろしく。彼が言い終えないうちに、音楽室中から悲鳴が起こった。当たり前だ。そんなの、冷静で聞いていろという方が無茶だ。

弱体化した千学吹奏楽部に、黄金世代の中心人物が帰ってきたのだから。

彼から目が離せないのに、視界の隅で、玲於奈がすっと立ち上がるのが見えた。自分のオーボエを握り締めて、口を真一文字に結んで、じっと、基と不破瑛太郎を見つめるのが。

「入部希望？」

周囲の騒がしさなど意にも介さず、不破瑛太郎は口元にほんのり笑みを浮かべて基に聞いてくる。

「はい」

全身を震わせるようにして、基は憧れの人の問いに頷いた。

◆

「ごめんなさいね。来るってわかってたら、もっと若い子が喜ぶもの作ったのに」

愛子《あいこ》先生はそんなことを言いながら、コンロにかかった鍋にお玉を突っ込み、具材がごろごろとした肉じゃがをお椀に盛る。

「お父さんもねえ、せめて学校を出るときに一言連絡をくれればいいのよ。瑛太郎君を連れてくるんなら」

はいどうぞ、と差し出された大きなお椀を受け取り、瑛太郎は礼を言ってそれを居間に運んだ。八畳ほどの和室で、三好《みよし》先生は座椅子に腰掛けてテレビを見ていた。

「三好先生、愛子先生がご立腹ですよ」

卓袱《ちゃぶ》台の中央に肉じゃがを置くと、三好先生は「大丈夫、大丈夫」と笑った。瑛太郎が高校生だった頃はふっくらとした体型だったのに、現在は肉がそげ落ちたように細くなってしまった。

「久々に瑛太郎が来てお母さんも喜んでるんから、プラスマイナスゼロ」

ご飯と味噌汁ののったお盆を抱えた愛子先生が居間に入ってきて、「お父さんが言うことじゃないから」とぴしゃりと言う。

「瑛太郎君は遠慮しないでお腹いっぱい食べて帰ってね」

夫婦の食卓に自分が混ざっているのも変な感じだなと思いながら、瑛太郎はいただきますと合掌した。三好先生は自分の恩師だけれど、愛子先生は別の学校で教鞭を執っているから、そもそも教え子でもない。奥さんとかおばちゃんと呼ぶのも気が引けるから、昔から愛子先生と呼んでいる。

遠慮なく肉じゃがを自分の取り皿に盛る。遠慮していたら、多分二人に怒られるから。

「初日から悪かったな。ほとんど瑛太郎に任せちゃって」

ジャガイモにふうふうと息を吹きながら、三好先生が言う。茶色く透き通った玉ねぎと一緒に白滝を掻き込みながら、瑛太郎は頷いた。

「本当ですよ。いつになっても音楽室に来ないから」

「悪い悪い。職員室でいろいろ手こずってたんだ」

瑛太郎は今日から吹奏楽部のコーチになった。教師ではなく、もちろん顧問でもなく、部活のみを指導する外部指導者。部活以外に授業を受け持つこともない。今日は初日だから、吹奏楽部の顧問である三好先生が瑛太郎を部員達に紹介するはずだった。なのに肝心の先生がいつになっても現れず、結局瑛太郎が一から説明する羽目になった。

「でも、あの黄金世代の不破瑛太郎が来たとなったら、あいつらも喜んだだろ？」

「驚きすぎて引いてるように見えましたけど」
二、三年生は今日から外部指導者が来るとだけ聞いていたようだけれど、何もわからない一年生は、さらに驚いていた。
特に彼――茶園基という男子生徒は、今にも口から泡を吹きそうな顔をしていた。チャペルで会ったときはまさか吹奏楽部に入るとは思っていなかったし、向こうも瑛太郎に気づいていなかったみたいだ。でも、音楽室で自分を前にした茶園基の顔を見て、なんとなくわかった。彼は多分、テレビの中の自分をよく知っている。そして多分、憧れてもいる。これは厄介だなと思った。骨が折れるぞ、とも思った。

「頼むぞ、瑛太郎」

黙ったまま肉じゃがと米を交互に口に運んでいた瑛太郎に、三好先生がそう投げかけてくる。

「正直、俺じゃあもう無理だ」

「らしくないことを言いますね」

「そんなこと言って！」と口を挟んでくるかと思った愛子先生は、野球中継を横目に口を黙々と動かしている。

「もう体がついていかないんだよ。あいつ等を全国に連れて行くには、俺じゃあ駄目だ」

全日本吹奏楽コンクールは、吹奏楽部にとっての甲子園だ。最上位大会だ。かつては東京の普門館で行われていたけれど、ここ数年はずっと名古屋国際会議場のセンチュリーホールが会場になっている。

そこへ至る道は、長く険しい。

埼玉県にある千学の場合は、八月上旬に行われる地区大会を皮切りに、埼玉県大会、西関東大会を突破する必要がある。各大会で金賞を勝ち取って上位大会への推薦団体に選ばれた末、全日本吹奏楽コンクールが行われるのは十月。長い長い戦いだ。五十人以上の高校生を相手に、課題曲と自由曲を金賞レベルに持って行くのは、至難の業だ。

何より、埼玉県は強豪校がひしめき合う吹奏楽大国だ。病を患った三好先生が「もう無理」と言う気持ちは、わからなくもなかった。

「お前達が卒業してから早六年。全日本どころか埼玉県大会も突破できず、ここ三年は金賞も取れない。部の雰囲気はどんどん緩くなっていって、とどめは顧問が心筋梗塞だ」

三好先生が心筋梗塞を患ったのは一年前。幸い一命は取り留め、職場復帰も叶った。しかし以前と同じように勤務することは難しく、この一年、ちょくちょく体調を崩しては短期の入院を繰り返している。

瑛太郎に外部指導者の話が回ってきたのは、先生が去年の秋に検査入院をしたときだった。

「それで、大学を出てたった二年の俺ですか」

高校三年間、親よりも長い時間を共に過ごした恩師から部を任せてもらえるのは誇らしい。でもそんな気持ちの裏に微かに、買い被られているんじゃないかという疑念が覗く。

「黄金世代が部を指導し、もう一度全日本に返り咲く。学院側に夢を見させるには充分だ」

「その黄金世代をもってしても、全日本に行けなかったら?」

「どうなるだろうなあ……。もちろん部員がいる限り廃部はないだろうが、別の教員を顧問にして、違う形の部になるかもしれない。今の千学は、部活より大学進学実績をアップさせることに一生懸命だし」

それは、あくまで《大学受験》を目標とし、その妨げとならないように活動する部だろうか。コンクールにも出ず、練習時間も短くて、厳しい練習もなくて。

さすがにこれはOBとして看過できない。何より今の吹奏楽部の状況は、見ていられなかった。

「やれるだけのことをやります。でも、結果がついてくるかどうかは、生徒達次第です」

幸い、他にやることもないですしね。笑いながらそう付け足すと、ずっと黙っていた愛子先生が苦笑した。

「笑い事じゃないでしょ。外部指導者って言えば聞こえはいいかもしれないけど、お給料は微々たるものだし。今の瑛太郎君、フリーター状態なんだから」

笑いながら、痛い現実を突きつけてくる。

玄関を開けたらダイニングは真っ暗だった。瑛太郎が使っている洋室ももちろん暗いが、その隣にある和室のドアからは、うっすら明かりがこぼれている。

帰りがけに持たされた肉じゃがの入った紙袋を抱えたまま、瑛太郎は和室の戸をノックした。返事は聞こえないが、「開けるぞ」と言ってドアノブを捻る。

煌々と明かりが灯った六畳の和室の中央で、徳《とく》村尚紀《むらなおき》はノートパソコンと睨めっこしていた。畳の上で胡座をかき、大きなヘッドホンで音楽か何かを聴きながら、一心不乱にキーボードを叩いている。ノックしても気づかないわけだ。

さすがにドアを開けて瑛太郎が入って来たことはわかったようで、ヘッドホンを外して「おかえり」と顔を上げる。

「俺が出かけてからずっとやってたわけ?」

勤務初日だし、いろいろと準備をしたくて瑛太郎がアパートを出たのは朝八時前。そのときすでに徳村は自室で仕事をしていたから、十二時間以上パソコンに向かっていることになる。

「もうすぐ九時だけど」

「マジか。腹減るわけだよなあ」

目元、眉間、こめかみ、後頭部、首の付け根を順番に指で揉み、徳村は天然の癖毛に指を通す。

「三好先生の家で肉じゃががもらってきたけど、食べる?」

「食べる!」

差し出した紙袋に飛びついた徳村に思わず吹き出し、台所で一人分の肉じゃがを取り分けて電子レンジに放り込んだ。炊飯器を開けたら、出勤前にセットしておいた米が炊きあがって保温されていた。

ダイニングのテーブルに倒れ込むようにして椅子に腰掛けた徳村に、ご飯をよそってやる。

「瑛太郎は飯食ったの?」

「三好先生の家でたらふく」

温めた肉じゃがとご飯。冷蔵庫に入っていた梅干しと漬け物を出してやって、これで夕飯には充分だろう。

しみじみとした顔で肉じゃがとご飯を飲み込んだ徳村は、ふっと顔を上げて瑛太郎を見た。

「先生、元気だった?」

「昔の半分くらいのサイズだけど、元気は元気だったよ。でも、『俺じゃあもう無理だ』なんて言ってたよ。吹奏楽部を全日本に連れて行けないって」

「病気すると、人ってそこまで弱気になっちゃうもんなんだね」

徳村の向かいに座って、瑛太郎はテーブルに頬杖を突いた。

「今の吹奏楽部の様子を見ると、先生がそう思うのもわからなくもないんだけどな」

「そんなに酷いの?」

「酷い訳じゃないけど。何か、まったりしてるんだよ。一年がまだ入っていないにしても、五十人も部員がいて、一箇所に集まってるのに、鋭さみたいなものがないというか」

いい意味で穏やかで、和気藹々《あいあい》としている。悪くいえば緊張感とか威圧感がない。瑛太郎が吹奏楽部の様子を見たのは、今日が初めてだ。入学式で入場曲や校歌の演奏があったからと、放課後の練習時間は短かった。あれ、俺達の頃って、テスト期間以外は下校時刻ぎりぎりまで練習してたよな? という疑問も感じた。朝練の強制参加もなしで、自主練習のみだという。

でもそれ以上に、部員が揃いも揃ってのんびりしているというか、危機感のない顔をしているというか。とにかく、瑛太郎がいた頃の吹奏楽部とは確かに違う場所になっていた。たった、六年で。

「そもそも、千学に女子がいるっていうのが、もうな……」

ぽろりと、そんな本音がこぼれた。箸を止めて、徳村も大きく頷いた。

「やばいね。学校に女子がいるって」

「やばいよな」

自分達が高校生だった頃、千学は男子校だった。経営難のために共学化したのは三年前。その少し前から千学は大学進学率のアップに力を入れ始めた。

瑛太郎も徳村も共学の大学に進んだけれど、高校時代、教室や音楽室に女子生徒がいたら一体自分達はどうなっていたのだろう。果たして全日本吹奏楽コンクールに出場できたのだろうか。そう思うから、今の吹奏楽部を頭ごなしに《たるんでる》とも言えなかった。

男子校と共学校。部活動が盛んな学校と進学指導に力を入れる学校。大きく変わらないようで、当人達にとっては決定的に違うはずだ。

あの頃――自分達にテレビ局の撮影スタッフが密着していた頃、瑛太郎は部長として、カメラが回っている前でさまざまな発言をした。励ましも叱責も、日々の何気ない業務連絡も、あくまで男子生徒しかいない音楽室の中でした。あそこに女子生徒がいたら、自分は同じことを言い、同じ行動を取っただろうか。そもそも、部長は自分だっただろうか。

徳村が夕食を食べ終え、「あと三本、原稿が残ってるから……」と言って自室に引っ込み、瑛太郎も風呂に入って自分の部屋に戻った。

瑛太郎が契約社員として務めていた学習塾を辞めたのが去年の年末。大学卒業後に広告制作会社へ入社した徳村が、「こんなブラック企業にいたら殺される！」と退社してフリーライターになったのが今年の一月。ちょうどアパートの更新時期が近づいていたから、家賃を節約するために一緒に住むことになった。月の家賃を三万円に抑えられるのはありがたかった。

フリーター状態なんだから、という愛子先生の言葉を思い出し、瑛太郎は肩を落とす。まさにその通りだった。駆け出しのフリーライターである徳村の方が、短い会社員時代や大学時代の人脈を活かして仕事をかき集めているから、まだ稼ぎはいいだろう。瑛太郎に至っては吹奏楽部のコーチくらいしか収入がない。塾でバイトとして引き続き勤務してはいるが、これから練習が本格化したらそれどころではないだろう。

「金じゃないとはいえ、ちょっと厳しいよなぁ……」

ぼそりとつぶやいて、瑛太郎はキャスター付きの椅子に腰を下ろした。六畳の洋室にはベッドと机と本棚しかない。パソコンはあるがテレビはない。机の上には今年の吹奏楽コンクールの課題曲の楽譜が山になっている。課題曲も自由曲も三好先生から好きに選べと言われたが、もう少し部の雰囲気を知ってからでないと選べそうにない。

金を稼ぎたくて吹奏楽部のコーチを引き受けたわけではない。恩師からの頼みを無碍《むげ》にしたくなかったのもあるし、OBとして吹奏楽部の危機を救いたいと思ったのもある。でも一番は、見つけたかったからだ。

かつて千学吹奏楽部で全日本吹奏楽コンクールに出場することに命を賭けていた自分が今、何をできるのか。何がしたいのか。あの時間が自分に、何を与えたのか。

俺にはまた、風は吹くのだろうか。大嫌いな奴から言われた言葉をふと思い出し、そんなことを考えた。

五線譜の上で踊る音符や記号は黒一色。でも、それら一つ一つが色づいて見える。熟れたリンゴみたいな赤、明け方の空みたいな青、ビビッドな黄色、淡いピンク色、新芽のような緑色。ときどき、眩しい金色が見える。それらが紙の上を跳ね回っている。

音楽の神様から吹いてくる風に身を任せて、ただがむしゃらであればいい時代があった。そうでなくなってしまってからも、楽譜を手に取れば色とりどりの音符や記号が瑛太郎を待っている。いつでも、どんなときでも。

一体どれくらい、楽譜を眺めていただろう。ふと顔を上げたら日付が変わっていて、濡れていた髪はすっかり乾いていた。

瑛太郎のコーチとしての仕事は、放課後のみだ。朝早く起きて出勤する必要もない。せっかくだから課題曲の参考演奏を聴いて、もう少し考えようか。

大学のときに買ったノートパソコンを立ち上げたときだった。

メールが一通、届いていた。

「……マジかよ」

彼女からメールが届くと「マジかよ」と声に出してしまうようになったのは、大学を卒業してからだ。同じような場所を歩いていると思っていた相手が、遥か遠くに、いとも簡単に飛び立ってしまってから。

額に手をやって、瑛太郎はメールを開封する。件名は『お久しぶり』。一年以上会っていないのに、メールの本文は短かった。

『ついに吹奏楽部の顧問になったってねー！　約束通り作ったよ。いい感じにできたから、知り合いのバンドに演奏してもらった。今年の自由曲に使って。全日本でがんがんに鳴らしちゃって！』

そして、ファイルが二つ添付されていた。文面からその中身が何なのかわかってしまったけれど、瑛太郎は急いでファイルを開いた。

画面に楽譜が表示される。同時に、音声ファイルが再生された。パソコンのスピーカーから聞こえてきたのは、グロッケンやヴィブラフォンといった鉄琴の澄んだ音と、教会の鐘のようなチャイムの響きだった。トライアングルが小声で歌うようにその上で踊り、低音楽器が響いてくる。深く深く、聴く者の体を抉《えぐ》るようにして。

息をついた瞬間、目の前で光が弾けて、突風が吹き抜けていった。トランペットやサックス、フルートやクラリネットの音が重なって、鋭いシンバルの音と共に舞い上がる。音が風になって部屋に吹き荒れた。腰掛けていた椅子から崩れ落ちそうになった。背もたれにしがみついて、楽譜を睨みつける。曲の進行に合わせて音符を目で追った。何度も何度も振り落とされそうになる。さまざまな色や匂いをまとった音が飛んできて、考えさせてくれない。難しいことなど考えないで、素直に、従順に、この曲に身を任せろ。音楽の神様が、そう自分の耳元で囁《ささや》いている。

何度目かの音符の煌めきに打ちのめされそうに

なって、瑛太郎はパソコンを閉じた。天板に覆い被さるようにして曲を封じ込める。音は止み、部屋は静かになった。

「あー、もう、やられた」

両手で髪の毛を掻きむしり、溜め息をつく。本当なら地団駄を踏みたい。

「くっそぉ……楓《かえで》の奴」

こんなものを送りつけてくるなんて。海と空を越えた遠い異国の地から、遥か高い場所から、こんな強烈な爆弾を投げてくるなんて。何が今年の自由曲だ。何が全日本だ。大体俺は顧問になったわけじゃない。外部指導者という名前だけは立派なフリーターだ。誰だ、楓にこのことを教えたのは。中学の同級生の誰かだろうけど、余計なことをしやがって。

ああ、でも——。

「いい曲だ」

悔しいけれど、とてつもなくいい曲だ。すでに頭の中ではこの曲を演奏するイメージができあがっている。瑛太郎自身が演奏してみたくてうずうずしている。全日本の舞台でこれを披露したら、きっと、凄いことが起こる。

顔を上げ、瑛太郎は再びパソコンを開いた。一時停止された音声ファイルを横目に、メールの返信を打つ。長文で返すのも癪《しゃく》だったから、短く簡潔に。

『タンスの角に足の指ぶつけろ!』

奴のいるベルリンのアパートに果たしてタンスがあるかは知らないが、これが最大限の賛辞だと気づけないほど自分達は他人ではない。

送信完了の文字を睨みつけながら、瑛太郎は送られてきた曲の名前を改めて見た。

「……《狂詩曲「風を見つめる者」》」

当てつけみたいなタイトルに、瑛太郎は「そうだよなあ……」肩を落とした。

「こういう曲に憧れて、吹奏楽を始めたんだよな……俺達」

◆

「もう早起きからは解放されると思ってたのにな
あ……」
トーストをかじろうと大口を開けた瞬間にそん
なことを言われ、基はそのまま固まった。眼球を
きょろりと動かして、台所に立つ母の背中を見る。
焼きたての厚焼き卵を包丁で切って、弁当箱に詰
める。電子レンジから冷凍ハンバーグを取り出し
て、同じく詰める。
「五時起きの生活ももう終わりだと期待してたの
に」
「す、すみませんでした……」
中学三年間、母は毎朝五時に起き、朝練のため
に六時に家を出る基の朝食の準備をした。それが
月曜日から金曜日まで。土日も朝から夕方まで練
習があって、母に弁当を作ってもらった。それが
中学三年間、お盆と年末年始の数日を覗いて、ほ
とんど毎日続いた。
「大体あんた、高校は勉強に集中するから吹奏楽
は中学でやめるって言ってたのに」
この話をされるのは何度目だろう。「やっぱり
千学の吹奏楽部に入りたいです」と両親に頼み込
んで入部届に判を押してもらってから半月以上た
ち、五月の連休も明けた。基の生活はすっかり
《吹奏楽》で染まっていた。
だって、全日本吹奏楽コンクールで金賞を受賞
した時代の部長・不破瑛太郎がコーチをするんだ
から。そりゃあ、入部するだろう。『夢やぶれて』
を吹いたときの決意や涙はどこへやら、基はすっ
かり開き直っていた。
「中学とは違うってわかってるからさ。勉強もち
ゃんとやるし……」
「当然よ。高校受験と違って、大学受験は人生か

かってるんだから。中学のときみたいに三百六十五日部活やってたら、絶対後悔するから。玲於奈ちゃんのお母さんも大変みたいだし」

トーストを無理矢理口に詰め込み、「わかってるよ」と基は頷く。母は、本当は吹奏楽部に入ってほしくなかったのだ。勉強しなさいと口うるさく言う教育ママにはなりたくないから、一応許可はしてくれた。でも本当はしっかり勉強してほしい。そんな本音が言外に聞こえる。

階段を下りてくる足音がして、淡いブルーのブラウスと紺色のパンツを穿いた姉の里央《りお》が現れた。洗面所に駆け込んだと思ったら、あっという間に化粧をして戻ってくる。

「里央、トースト何枚食べる？　一枚でいい？」

「いらない」

母の声に素っ気なく応え、そのままリビングダイニングを通り過ぎて玄関へと向かう。すでに鞄を肩から提げていた。

「姉ちゃん、もう会社行くの？」

「早めに行って仕事したいから」

振り返らず里央は玄関の方へ消える。トーストの耳を口に放り込んで基も席を立った。

「基、これ、里央の口に放り込んで」

母が生の食パンにジャムを塗りたくって半分に折り、基に渡してくる。「りょーかい！」と預かって、弁当をリュックサックに入れて家を飛び出した。

「姉ちゃん！」

ハイヒールを履いた里央にはすぐに追いついた。食パンを差し出すと、ほんのちょっと鬱陶しそうな顔をされたけれど、ちゃんと受け取ってくれた。リップグロスが落ちないよう、小さく千切って口に運ぶ。

「仕事が始まるのって、九時半からじゃないの？」

七歳年の離れている姉の里央はこの春大学を卒

業し、都内にある広告代理店に就職した。働き始めてまだ一ヶ月程度だというのに、朝家を出る時間はどんどん早くなり、帰宅時間はどんどん遅くなっている。時刻はまだ六時半。会社まで一時間ほどで着くのに、もう出勤だ。連休前は終電で帰って来た日もあったし、連休中だって何日か出勤していた。

うっすらと目元にある隈は、化粧でも隠し切れていない。父も母も「新人のうちは仕方がない」と言いながら、内心は心配しているはずだ。

「朝ご飯くらい食べて行ったら？　お昼まで持たないでしょ？」

朝食を取ってから家を出ても、会社に着く時間は三十分くらいしか変わらない。三十分で片付けられる仕事なんてたいした量じゃないだろう。そんな風に言ったら、食パンを食べ終えた里央にぎろりと睨まれた。

「高校生のあんたにはわかんないよ」

そのまま駅までたいした話をすることなく歩き、同じ電車に乗った。里央より一足先に降りて歩道を歩いていたら、後ろから軽快な足音が近づいてきて、「おはよ！」と背中を叩かれた。

「一緒の電車だったね」

暗い紺色のプリーツスカートと二つ縛りの髪を揺らし、玲於奈が基の隣に並ぶ。

「声かけてくれればよかったのに」

「だって、里央ちゃんと話してたから。しかも里央ちゃん、機嫌悪いみたいだったし」

玲於奈の家は基の家と生け垣を挟んで目と鼻の先にある。登校ルートが完全に一緒だから、登下校中もしょっちゅう顔を合わす。

「仕事が忙しいんだよ」

「痩せちゃったよねえ、里央ちゃん。初詣で会ったときはもっと健康そうだったのに」

「新しい環境に慣れたら、少しは楽になるんじゃないかな」

「新入部員が生意気なこと言うじゃない」

けらけらと笑う玲於奈は、里央と反対で朝から機嫌がいい。吹奏楽部に新入部員が多く入り、しかもコーチとして不破瑛太郎がやって来て、ひと月。部は調子づいていた。

正門をくぐって校舎に入った瞬間、トランペットの音が聞こえた。第一音楽室のある特別棟の四階に上がると、その音は一層大きくなった。

堂林が、廊下の一角ですでに練習していた。一つの音をメトロノームに合わせて丹念に伸ばし、一つ高い音、また一つ高い音へ。地味な基礎練習をメトロノームから目を離すことなく繰り返していた。

そんな堂林に、玲於奈がほんのちょっと声を険しくする。

「堂林君、朝練は音楽室以外のところでやるのはNGって、この間も言ったよね?」

トランペットのマウスピースから口を離して、彼は「えー」と不満そうに眉を八の字にした。

「だって、中だと他の人の音と混じっちゃってやりにくいんすもん」

「そういう決まりだから、我儘《わがまま》言わない。朝はどの部活もあくまで自主的な練習なんだから」

ぶつぶつと文句を言う堂林に「とりあえず、さっさと戻る」と念を押して、玲於奈は音楽室へと向かう。その少し後ろを基は堂林とついていった。

「気持ちはわかる」

玲於奈に聞こえないよう、基は言った。楽器とメトロノームを抱え、「音が混ざる以前の問題だろ」と堂林は肩を竦《すく》める。

玲於奈が音楽室のドアを開ける。「おはよー!」という彼女の声の向こうから、楽器の音が聞こえた。トロンボーンにチューバに、クラリネットに、ホルン。堂林のトランペット一本に掻き消されて聞こえなかった音達が。

朝の自主練に来ていた部員は十人だった。基達を入れて、十三人。三年生は玲於奈しかいない。千学吹奏楽部は総勢六十四名だから、朝練に参加しているのは二割程度だ。

普段の練習では部員でぎゅうぎゅうになっている音楽室には疎らに人が着席し、各々の練習をしている。楽器の音より、隣の席の子とのお喋りの声の方が多く聞こえる先輩もいた。

「マジで言ってんのかな、あれ」

黒板の横に貼られた模造紙には「一音入魂！　目指せ！　全日本吹奏楽コンクール」という部の目標が書いてある。周囲に見えないようにその模造紙を指さした堂林が、基以外には聞こえない声でそう呟いた。

「マジなんだったら、少なくとももっと必死に練習すると思うよ」

同じくらい小さな声で基は答えだ。少ないとはいえ、十人以上が練習しているというのに、一年生の堂林の音に掻き消されてしまうなんて。

こんな感じだって知ったから、僕は吹奏楽部に入らないつもりだったんだ。

自分の楽器を組み立てる玲於奈の背中に、基は投げかけそうになる。ねえ玲於奈、本当に全日本に行けると思ってる？　と。

「……なるほど」

突然背後から飛んできた声に、溜め息にも似た呟きに、基と堂林は揃って勢いよく振り返った。

ノーネクタイでスーツを着た瑛太郎が、そこに立っていた。腕を組んで、どこか物憂げに眉を寄せて、音楽室の中を睨みつけていた。

「瑛太郎先生、どうして朝練に……」

瑛太郎先生。言い慣れない呼び方で彼を見上げる。ときどき部に顔を出す三好先生が部員達に「瑛太郎先生と呼んでやれ」と言うから、自然と「瑛太郎先生」という名前で定着したけれど、実際に呼ぶと変な感じだ。

不破瑛太郎が自分と同じ場所で同じ空気を吸っ

ているのが、堪らなく、変だ。

「朝練の様子、ちょっと見ておきたかったから」

朝練は自主的なものだから、瑛太郎が顔を出すことはない。もちろん三好先生も。その瑛太郎が朝練を見に来た。その意味を考えながら、背筋が寒くなる。この人は、吹奏楽部をどんな風に見ているのだろう。自分がいた頃と比べて、幻滅して、失望して、「帰ってくるんじゃなかった」と思っているんじゃないか。

瑛太郎がそんな目で自分を見ているんじゃないか。そう思うと、基は「違うんです！」と彼の胸ぐらに摑みかかりたくなる。

「瑛太郎先生もさあ、昔みたいにガツンとビシッとやってくれればいいんだよな」

朝練のことを堂林は昼休みまで引き摺《ず》っていた。弁当を広げる基の前の席に座って、コンビニのメンチカツサンドをかじりながら、同じことばかりを繰り返す。

「正直、それを期待してたのに」

「さすがにコーチになったばかりだから、いきなりそうするわけにもいかないんじゃないかな……」

自分の言葉尻がどんどん弱々しくなっていくのは、堂林と同じことを思っているからだろう。瑛太郎がコーチに就任し、一体どんな指導をされるのか、恐れおののきながらも楽しみにしていた。しかし五月に入っても瑛太郎は「今まで通り練習して」と指示を出すだけで、合奏では今年のコンクールの課題曲をひたすら攫《さら》っている。あまりにも普通だった。肩すかしを食らった気分だ。

裏を返すと、自分達がそれ以上のものに値しないということなのかもしれない。

基が弁当箱を空にして、堂林がコンビニで買ったパンを食べ終えた頃、クラスメイトの一人が駆け寄ってきて基と堂林を呼んだ。

「なんか、先生みたいな人が呼んでるけど」

教室の出入り口を確認するより早く、二人は立ち上がった。廊下に飛び出すと、瑛太郎が驚いた様子で「昼飯食ったか……?」と聞いてくる。大きな返事と共に基と堂林が首を縦に振ると、表情を和らげた瑛太郎は基達を特別棟の四階へと連れて行った。普段練習をしている第一音楽室ではなく、その隣の音楽準備室に。

「昼休みに悪かったな」

音楽準備室は実質吹奏楽部の顧問の部屋だ。さほど広くない部屋の中には長机が置かれ、本棚からは楽譜がなだれ落ちそうだった。

基と堂林に椅子に座るように言った瑛太郎は、部屋の隅の冷蔵庫から取り出したペットボトルの麦茶をグラスに注いで、基達の前に置く。

「君達に聞きたいことがある」

自分の分の麦茶を手に、瑛太郎は窓ガラスに寄りかかってこちらを流し見た。麦茶に手をつけることなく、基と堂林は姿勢を正す。

それを見た瑛太郎が、くすりと笑った。

「君等が初めて音楽室に来たときから思ってたんだけど、そんなに俺が怖い?」

基は慌てて首を横に振る。

「いや、怖いんじゃなくてですね。瑛太郎先生のことはテレビで見たことがあるし、何より全日本に行ったことのあるOBがコーチだなんて、みんな緊張してるんだと思います」

「……そんな気はしてた」

麦茶を一口飲んで、瑛太郎は苦い顔をした。それは、吹奏楽部のみんながそれだけ全日本コンクールを遠いものと思っていることに対してなのか。それとも、昔テレビに出ていた自分に対してなのか。

近くの机から取り上げた書類らしきものに視線を落とし、瑛太郎は堂林を見た。

「堂林慶太。春辺二中で全日本コンクールに三年連続出場。高三のときは部長もやってた」

突然名前を呼ばれて、堂林が「はい」と短く頷く。一枚書類を捲って、瑛太郎は今度は基を見る。

「茶園基。大迫一中で去年は西関東大会に出場」

「ダメ金で、全日本には行けませんでしたけど……」

言い訳のように付け足す。吹奏楽コンクールには、都道府県によってシステムに多少の違いがあるにしろ、どこも地区大会、県大会、支部大会と数多くの予選がある。各大会で上位大会に進むためには推薦団体に選ばれる必要がある。金賞の受賞は越えるべき一つのハードルだ。金賞を受賞しても推薦団体になれない場合もある。それが《ダメ金》という奴だ。

去年の九月。基のいた大迫一中は激戦の埼玉県大会を突破し西関東大会へ進んだ。西関東大会で春辺二中は金賞を受賞し全日本の推薦団体に選ばれた。基達は《ダメ金》で、金賞は受賞したものの全日本へは進めなかった。

ぽっきりと、自分の中で何かが折れて、燃え上がっていたものが燃え尽きて、燃えカスになった瞬間だった。

「君等はさ、全日本に出場したり、全日本まであと一歩まで行った人間なわけだけど、千学の吹奏楽部をどう思う？」

麦茶のグラスをテーブルの上に置き、瑛太郎が基達の向かい側に回り込んでくる。

「千学は、全日本コンクールに行けると思うか？」

テーブルに両手をついて、こちらを見下ろす。獲物を見定める獣のような目だった。瞳の奥で、こいつ等は自分が狩るに足る存在なのかどうか、吟味している。

「駄目だと思います」

気がついたら、そう口が動いていた。

「瑛太郎先生が来て、みんなやる気が出たみたいに見えました。でも朝練に来る人は十人ちょっとです。今が一番モチベーションが上がっているはずなのに、朝から吹こうって人があの程度しかいないって、駄目だと思います」

堂林がちらりとこちらを見た。どうせ他に人がいないのだから、いいやと思った。

「全日本に行こうって部の目標を掲げてますけど、とりあえず掲げてるだけっていうか、全日本に行くために何をしたらいいかを考えてないように見えます。僕は先輩達から『今日は絶対にここを吹けるようになろう』っていう気概みたいなものを、一度も感じたことがないです」

今、自分は先輩を非難している。部長として部を運営する玲於奈を遠回しに非難している。でも、ただ、この人には――不破瑛太郎には、失望されたくなかった。

「俺もそう思います」

ガラス玉みたいな目を細めて、隣で堂林が静かに頷いた。

「朝練に来てる人等も集中して練習してるとは言えないし。来るだけで満足してるのが丸わかりで毎日苛々してたんで」

「俺も、あれなら来ても来なくても同じだなと思う」

瑛太郎の言葉を嚙み締めながら、オレンジ色の花模様の入ったグラスを見つめた。何故、自分達がここに呼ばれたのかを考えた。そして、それを言葉にした。

「埼玉県大会はただでさえ激戦なのに、今の状態で勝ち上がれるわけがないです」

今や全日本に出場する学校はどこも上手い。特に埼玉県大会は激戦だ。埼玉県大会の上にある西関東大会から全日本コンクールに推薦される高校は、すべて埼玉県代表で占められるくらい有力校がひしめき合っている。中一、中二のときに県大会敗退、中三で西関東大会敗退を経験した基は、それをよく知っている。玲於奈だって、知っているはずなのに。

「じゃあ、君等だったらどうする？」

条件反射的に「え？」とか「僕達ですか？」と聞き返したくなった。でも、喉の奥に力を入れて堪えた。

「多分これは、瑛太郎先生が卒業してからできてしまった悪しき風習なんだと思います。玲於奈は……部長は僕の幼馴染みなんですけど、二年前、部長が入部した当初、『たるんだ空気をしゃきっとさせたい』と言ってたのを覚えてるんで」

緩いのよ、今の千学吹奏楽部って。私が部長になったら、もっとビシッとした部に変えてやるんだから。玲於奈はずっと、そう言い続けていた。

でも結局、玲於奈が部長になっても変わらない。五十人以上の人が集まる大きな組織を、一人の人間がそう易々と変えられるわけがない。

「瑛太郎先生がコーチとして来てくださったのは、僕はチャンスだと思ってます。今なら、吹奏楽部の悪い部分をぶっ壊せるんじゃないかって」

「へえ」

笑いを含んだ瑛太郎の相槌に、基ははっと顔を上げた。

目の前に立つ瑛太郎の目の奥が淡く光ったように感じた。唇の端を吊り上げて笑うその顔を、基は小学生の頃テレビで見た。ああ、あの人が今自分の目の前にいるんだなと、肌で感じた。

「ありがとう」

麦茶飲んだら？　と基と堂林の前にあるグラスを指さして瑛太郎が言う。「はい！」と声を合わせて、二人で麦茶を飲み干した。それがおかしかったのか、瑛太郎は呆れたように肩を揺らした。

「瑛太郎先生に、吹奏楽部のことどう思うかって聞かれたんですけど」

「あ、それ俺も聞かれたわ」

パートごとに分かれてチューニングと基礎練習を終えて、個人の曲練習に移ろうとしたときだった。サックスパートで基と同じようにアルトサックスを吹く二年生の池辺《いけべ》豊《ゆたか》先輩と三年生の越谷《こしがや》和彦《かずひこ》先輩が、そんな話をし出したのは。

「先輩達もですかっ?」

パート練習で使っている二年一組の教室に、自分の声が予想以上に大きく響いた。

「もしかして、茶園も聞かれた?」

パートリーダーも務める越谷先輩が、「へえ、一年にも聞いたんだ」と目を丸くする。

「一年の僕にも聞いてるってことは、部員全員に同じことを聞いて回ってるんでしょうか、瑛太郎先生」

「えー、何のためにだよ」

椅子と楽器を抱えて周囲から距離を取りながら、越谷先輩が笑う。基礎練習は車座になってやっていたけれど、曲練習は個人でやるから、教室の中で散り散りになる。その最中も、他の部員から「私も聞かれた」「俺は聞かれてない」という声が上がった。

「今の吹奏楽部の雰囲気を知りたかったから、とか?」

言いながら、自分に同じ質問をしてきたときの瑛太郎の顔を思い出す。あの表情はそんな生やさしいものではなかった。

「あの人、まだ猫被ってるよな」

突然、越谷先輩がそんなことを言い出した。

「何ですか?　猫被ってるって」

首を傾げる基に、越谷先輩は「甘いねえ」と人差し指を振って笑った。

「この一ヶ月間、瑛太郎先生は俺達に『今まで通り練習しろ』って言うだけで、自分らしさを全然出さなかった。一年生も入部して、パート分けも諸々済んだから、いい加減何か始めるだろ」

「何ですか、何か、って」

「何か。超凄い修行とか。課題曲ばっかり練習するのにも飽きたしさ」

笑いながら越谷先輩は言うけれど、黄金時代の、しかも部長を務めた人の《超凄い修行》が何なのか。恐らくみんな考えたのだろう。池辺先輩はもちろん、テナーサックスやバリトンサックスを吹く部員が頬を引き攣《つ》らせた。

この数週間、吹奏楽部に課せられた課題はコンクールの課題曲だった。千学が出場する高校A部門は、三分程度の課題曲が毎年五つ用意され、その中から一曲を選び、自由曲と共にステージで演奏する。制限時間は十二分間だ。

瑛太郎からはすべての課題曲の楽譜が配られた。毎日課題曲の練習をして、合奏をして、瑛太郎から各パートや個人個人に指示が飛ぶ。それをずっと繰り返している。ごく普通の、当たり前の練習だ。コンクールに出場する多くの学校が、きっと今この瞬間もこうして練習している。

それに、千学のみんなはちょっと飽きている。

楽譜を捲り、昨日瑛太郎から注意された箇所を攫うことにする。今日は課題曲Ｉ『スケルツァンド』を合わせると事前に予告されているから、時間をかけて練習した。中間部にアルトサックスによる美しい旋律があり、自分が吹くかどうかわからないけれど、それでも楽器を歌わせてみたいと思った。瑛太郎から「やってみろ」と言われた瞬間、息を吸うように完璧に吹きたかった。

マウスピースを口に咥えようとした瞬間、背後から笑い声が聞こえた。一瞬だけ振り返って確認すると、池辺先輩と二年生の先輩が明らかに部活とは関係ない話をしていた。今度の実力テストがどうだとか、塾の課題が終わってないとか、そんな話。越谷先輩がやんわり注意したけれど、本当にやんわりだった。

遠くから、きらびやかなトランペットの音が聞こえてきた。『スケルツァンド』の冒頭だ。アクセントが際立った、ピーンとどこまでも伸びていきそうな鋭い音。これは堂林のトランペットだ。他のトランペットの音も聞こえるけれど、明らかに別の場所で吹いているのがわかる。理由をつけてパート練習を抜け出して一人で練習しているのだろう。ああ、いっそ、僕もそうしちゃおうかな。なんて思ってしまう。ここにいたら、自分まで周囲と同じ溶けたアイスクリームみたいになってしまいそうで。

溜め息を堪え、基はアルトサックスに息を吹き込んだ。集中すれば周りのことは気にならない。練習に集中していない人のことも。越谷先輩、何とも思わないんですか？　という疑問も。

同じフレーズを繰り返しているうちに、気がついたら五時半近くになっていた。そろそろ合奏が始まる時間だ。楽器を抱えて急いで第一音楽室に戻ると、普段は全パートが揃った頃にやって来る瑛太郎が、すでに指揮台の上に置かれたパイプ椅子に腰掛けていた。膝に頬杖をついて、ぼんやりとスコアを眺めている。似たような場面を昔、テレビで見たことがある。

すべてのパートが集まったタイミングで、普段だったら玲於奈が号令をかける。ところが、瑛太郎が突然立ち上がって、背後の壁を見た。

「ちょっと教えてくれないか」

巨大な模造紙に書かれた「一音入魂！　目指せ！　全日本吹奏楽コンクール」という文字を。

「目指せ全日本、というのはわかる。でも、君等にとっての一音入魂って何だ？」

六十四人の部員を見回して、言う。

「別に、全員揃って同じ答えを言えというわけじゃない。それぞれがそれぞれの込めるべき魂を持って演奏してるならそれでいい」

それが感じられないから、今話してるんだけどな。瑛太郎の顔にはそんな本音が書いてある。膝にやっていた手を基は握り締めた。

「君等は、自分の頭の中に『こんな風に演奏したい』という理想はあるか。自分の音と理想を比べて、足りない部分を修正していく作業を今日したか？　これから始まる合奏に間に合わせるために必死になったか？」

瑛太郎の言い方は、決してこちらを詰問するようなものではなかった。お説教されているわけでもない。強いて言うなら――ソロパートを吹いているようだった。堂々と歌い上げる様を目の前で見せつけられた気分だ。

「一ヶ月弱この部を見てきた。全日本に出たいという目標は素晴らしいが、君達には目標があっても理想がない。ただ闇雲に目標を追いかけて、迷子になって、追いかけることがマンネリ化して、モチベーションが下がってる」

誰も何も言わなかった。お喋りで朝練を終えてしまう人も、放課後の練習に集中できない人も、何日も同じ場所をだらだらと練習して、合奏で同じ指摘をされる人も。みんな、心の底では同じように思っていたのだろう。面白いくらい綺麗に、見事に、言い当てられた。

「俺は三好先生から『吹奏楽部を何とかしてほしい』と言われて千学に呼ばれた。学院からは『もう一度全日本に行くこと』を求められてる。このまま低迷し続ければ、部も今まで通りに活動できないだろう」

前列の方で、玲於奈がすっと手を挙げた。瑛太郎以外誰も口を聞かなかった音楽室に、「先生」という凛とした声が響く。

「今まで通りに活動できないって、どういう意味ですか」

「吹奏楽部は学院の強化指定部になってる。例えば第一音楽室はうちの専用練習場だ。授業で使うのは隣の第二音楽室のみ。予算だって他の部より多い。コンクールの遠征費や楽器を買う予算は、部費だけじゃ賄えない。学院に実績が認められて、頑張れと言ってもらえているから、君達はこうやって活動できている」

「じゃあ、全日本に出られなかったら強化指定部から外れるってことですか？」

玲於奈が続けてそう聞くと、瑛太郎ははっきりと頷いた。

「六年だ。もう六年、千学は全日本に出ていない。それが長いか短いかは俺が判断することじゃない。ただ学院の上層部は《長い》と判断した。三好先生も体調が優れないし、顧問を変えて、今後はコンクールに出場しない方針になるかもしれない。それなら朝から晩まで練習する必要もないし、君達は勉強に専念できる。大学合格実績が上がって学院は万々歳。吹奏楽部が使っていた予算を、活躍している他の部に回すこともできる」

コンクールに出場しない。その一言に、首を絞められたような感覚に襲われた。多分ここにいる部員全員が。瑛太郎は《かもしれない》と言ったけれど、仮定の話だと受け取った人間はこの部屋にいないだろう。

「というわけで、俺はコーチとして千学に呼ばれた以上、君達を全日本に連れて行かないといけない。君達もこの通り全日本を目標としてる。目標は一致してるわけだ。お互い頑張ろうじゃないか」

やっと瑛太郎の口元が笑った。とてもじゃないが基は表情を緩めることができなかった。

「一ヶ月考えたんだが、まずは一度、この部をぶっ壊すところから始めようと決めた」

突然、瑛太郎が指揮者用の譜面台に置いてあった指揮棒を取った。条件反射で首から提げたアルトサックスに手をやってしまう。

その白く鋭い切っ先は、何かの輪郭をなぞるようにして空を掻き——基を差した。

「手始めに、部長を一年の茶園基に替える」

瑛太郎の声は、時を止める魔法をまとっていた。

水を打ったように静まりかえった音楽室で、基はいつかのように息ができなくなった。藻掻いて藻掻いて水面に顔を出そうとするかのごとく、気がついたら立ち上がっていた。サックスのラッパが譜面台に当たり、倒れる。音をたて楽譜が周辺に散らばった。

「茶園」

呼ばないでくれ。頼むから、いつかテレビ画面の中から僕を魅了した声で、僕の名前を呼ばないでくれ。

「一緒に全日本吹奏楽コンクールに行く部を作ろうか」

今度こそ、瑛太郎が笑った。目の奥をきらりと光らせて、白い歯を覗かせて。あの頃の、彼が高校三年生のときのように。全日本吹奏楽コンクールに出場したときのように。

「はい」

口が勝手に動いた。不破瑛太郎という男はそういう魔法が使えるんじゃないか。世界を自分の思った通りに動かす力を、持っているんじゃないか。

音楽室に轟くどよめきなど耳にも入らない。玲於奈が静かに振り返り、瞳を揺らしてこちらを凝視している。

（つづく）

＊『風に恋う（仮）』は二〇一八年六月に文藝春秋より刊行予定です。

額賀澪 作品紹介

『屋上のウインドノーツ』（文藝春秋）

第二十二回松本清張賞受賞作。引っ込み思案の少女・志音が学校の屋上で吹奏楽部の部長・大志と出会うことで始まる、青春吹奏楽小説。

『ヒトリコ』（小学館）

第十六回小学館文庫小説賞受賞作。一匹の金魚の死をきっかけに、いじめのターゲットとなった日都子と、彼女に関わる少年と少女の物語。

『タスキメシ』（小学館）

第六十二回青少年読書感想文全国コンクール高等学校部門課題図書。高校で長距離選手として活躍していた早馬は、怪我をきっかけに競技を離れ、料理に没頭するようになる。しかし、仲間やライバルは彼の復帰をずっと待っていて――。

『さよならクリームソーダ』（文藝春秋）

美大に入学した友親が出会った才能豊かな先輩。彼の抱えた過去を垣間見るたびに、友親は自分の抱えた《痛み》に気づいていく。

『君はレフティ』（小学館）

交通事故によって記憶喪失になった古谷野の周囲で次々と発生する落書き事件。そこには古谷野の「失われた記憶」のヒントがちりばめられていた。

『潮風エスケープ』（中央公論新社）

高校生の深冬は、思いを寄せる優弥とともに、彼の故郷・潮見島へ向かう。そこで出会った少女・柑奈の伝統に縛られる生き方に、深冬は疑問を覚える。

『ウズタマ』（小学館）

結婚を控えた松宮周作はある日、父親から大金の振り込まれた預金通帳を渡される。自分のために大金を用意してくれた人物を、周作は捜し始める。

『完パケ!』（講談社）

映画監督を目指す大学生の安原と北川。二人の性格は水と油だ。しかし、卒業制作の監督の座をかけ、コンペでガチンコ勝負をすることになる。

額賀澪（ぬかが・みお）
1990年生まれ。茨城県行方市出身。日本大学藝術学部文芸学科卒。
2015年に『屋上のウインドノーツ』（「ウインドノーツ」を改題）で第22回松本清張賞を、『ヒトリコ』で第16回小学館文庫小説賞を受賞しデビュー。2016年、『タスキメシ』が第62回青少年読書感想文全国コンクール高等学校部門課題図書に。その他の既刊に『さよならクリームソーダ』、『君はレフティ』、『潮風エスケープ』、『ウズタマ』、『完パケ！』がある。

拝《はい》啓《けい》、本《ほん》が売《う》れません
2018年3月30日　初版第1刷発行

著　者　額《ぬか》賀《が》　澪《みお》
発行者　塚原浩和
発行所　KKベストセラーズ
〒170-8457 東京都豊島区南大塚2-29-7
電話 03-5976-9121（代表）

カバーデザイン　川谷康久（川谷デザイン）
カバーイラスト　佐藤おどり

ＤＴＰ　オノ・エーワン
印刷所　近代美術
製本所　積信堂

 ISBN 978-4-584-13856-4 C0095